KB102578

부암동
살구나무집

부암동 살구나무집

펴낸날	초판 1쇄 2017년 3월 25일
	초판 2쇄 2017년 12월 10일

지은이	인연정
펴낸이	서용순
펴낸곳	이지출판

출판등록	1997년 9월 10일 제300-2005-156호
주 소	03131 서울시 종로구 율곡로6길 36 월드오피스텔 903호
대표전화	02-743-7661 팩스 02-743-7621
이메일	easy7661@naver.com
디자인	박성현
인 쇄	(주)꽃피는청춘

ⓒ 2017 인연정

값 13,000원

ISBN 979-11-5555-064-9 03810

이 도서의 국립중앙도서관 출판예정도서목록(CIP)은 서지정보유통지원시스템 홈페이지
(http://seoji.nl.go.kr)와 국가자료공동목록시스템(http://www.nl.go.kr/kolisnet)에서 이용하실
수 있습니다.(CIP제어번호: CIP2017006182)

▶▶▶ 인연정 수필집

부암동 살구나무 집

🐦 이지출판

나를 키운 건 자연이었다

예닐곱 살 무렵부터 나는 서해바다를 보며 자랐습니다. 그 엄청난 물은 어디서 왔다가 어디로 가는지, 늘 궁금했습니다. 좀 자라서는 갯벌에 수많은 생명이 살고 있다는 걸 알았습니다. 바닷물이 오가며 남긴 생명들이라는 것도 차츰 알게 되었지요.

그 뒤로는 살아가는 방법을 자연에 물었습니다. 그리고 그들의 소리와, 빛깔과, 냄새가 우리에게 얼마나 아름다운 세상을 만들어 주는지 깨닫게 되었습니다.

다행히 내 곁에는 항상 자연이 존재했습니다. 유년기에 신비롭게 바라보던 바다가 그랬고, 청장년기에 걸친 북한산 자락의 수채화 같은 생활이 그랬습니다. 봄날 이른 아침 꽃잎들의 상큼한 입맞춤이, 여름 한밤중 극성스런 풀벌레들의 울음소리가, 저녁나절 낙엽의 작별로 쓸쓸하던 가을 뜨락이, 그리고 겨울 한낮 마당에 앉아 봄을 기다리던 흰눈이 그랬습니다.

들고양이가 마음대로 드나들며 새끼를 키우던 그런 광경도 겉으로 보기에는 더할 나위 없이 평범한 일이었지만, 그런 사실들이 여러 해 겹치면서 내 인생을 아름다운 광채로 물들여 주었지요. 자연과의 만남, 그건 신비와의 만남이었고, 특별한 선물이기도 했습니다. 그리고 그곳에서 내 인생과 문학이 연륜처럼 쌓여 갔습니다.

그것이 언젠가는 글이 되어 밖으로 나오리라 예감했습니다. 서두르거나 주저하지는 않았습니다. 그런데 막상 책을 펴내려니 나만의 세계에 빠진 것은 아닌가 염려됩니다.

이 책이 나오기까지 고마운 분이 많습니다. 저에게 항상 용기와 지혜를 주신 일현 손광성 스승님, 진심으로 감사합니다. 그리고 좋은 서평으로 부족한 제 글을 빛내 주신 김우종 교수님, 정말 고맙습니다. 출판을 맡아 준 이지출판사와 늘 따뜻한 마음으로 응원해 준 가족에게도 사랑을 전합니다.

2017년 봄날

인 연 정

부안동
살구나무집 _ **차례**

2.

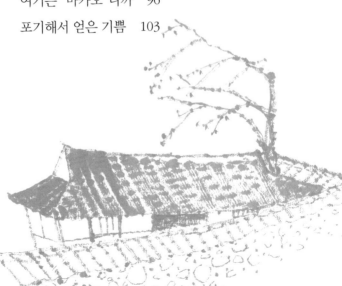

3.

4.

5.

1.

통영 점묘

섬

물새가 물고 가던 씨앗이 바다에 떨어졌을까?
통영 앞바다엔 조롱박 같은 섬들이 여기저기 열려 있다.
일렁이는 바닷물에 부표처럼 흔들리기도 하고 서로 떨
어지지 않으려 물 밑에서 손을 꼭 잡고 있는 듯하다. 장
사도, 소덕도, 대덕도가 앞장을 서고 가왕도, 어유도가
그 뒤를 따른다. 어미 대매물도는 뒤처진 소매물도에게
어서 오라 채근한다. 멀어져 가는 어미를 따르지 못해
애가 타는 소매물도는 오늘도 저물어가는 바다가 겁이
난다.

포구

얼마나 많은 날을 파도에 시달렸을까? 통영의 작은 포구는 아픈 허리를 구부리고 누워 버렸다. 포구에 몰려온 고깃배들이 숭어 떼처럼 방파제에 주둥이를 대고 뻐끔뻐끔 숨을 쉰다. 어쩌다 심심한 갈매기가 뱃전에 내려앉으면 좋아라, 배들도 한나절 춤을 춘다. 바다가 어디고 땅이 어디일까? 아무것도 모르는 작은 배들은 떠나야 할 날도 돌아와야 할 때도 모른다. 오늘도 포구는 철없는 고깃배들을 데리고 마냥 졸음 같은 꿈을 꾸고 있다.

바다

파도는 밤새 어디까지 갔다 왔을까? 통영의 아침바다는 천연스럽기만 하다. 밤새워 임의 품에 안겼던 수줍은 새색시처럼 시치미를 뗀다. 어느 물결에서 사랑이 은밀했으며, 어떤 바위 밑에서 이별은 애절했는지, 다시 만날 기약은 어디쯤 모래톱에 써 놓고 왔는지, 바다는 통 아무것도 모른 체한다. 곁에 있어도 헤어짐을 모르는 안타까움에 그리움만 쌓이는 바다가 차라리 처연하다.

노을

노을이 탄다. 노을이 활활 탄다. 저 뜨거운 마지막 정념을 누구의 심장에 쏟아 부으려는 걸까. 진홍빛 바다에 풀어놓은 황홀한 고백, 찬란한 포옹, 그걸 가슴에 담고 침묵해야 할 이의 뜨거운 고뇌를 알고 있는지. 아리고 쓰린 상처를 생각해 보았는가. 사랑은 그렇게 절규하며 보내는 게 아니라고, 모질게 떠나는 것도 아니라 했는데도, 노을은 언제나 사랑밖에 모른다. 노을은 영원히 이별밖에 모른다.

세 개의 시계

나는 시선이 가는 곳에 시계가 있으면 좋다. 마음이 안정되기 때문이다. 우리 집엔 시계가 많다. 좋고 비싼 것들은 아니고 기념으로 받거나 오래전부터 버리지 않아 남아 있는 것이 대부분이다.

그런데 그것들이 세월을 달려오느라 지쳤는지 요즘엔 서로 다르게 시간을 알려 주어 나를 혼란스럽게 한다. 마치 사람이 많이 모이면 의견이 제각각인 것처럼. 그중에서도 제일 나를 헷갈리게 하는 것은 응접실 벽시계와 파우더룸의 플라스틱 방수시계다.

벽시계는 사십 년쯤 전에 고물 시계점에서 샀다. 보기도 좋고 골동품이 아닌가 싶기도 해 무리한 가격에 산

것이다. 호두나무로 만든 야무진 생김새에 종소리까지 당차고 시간도 정확하다. 그래서 나는 '우리 집 그리니치 천문대'라고 부른다.

로마자로 표기된 동그란 숫자판에는 두 개의 열쇠구 멍이 있다. 하나는 왼쪽, 또 하나는 오른쪽에 있다. 나는 그 구멍에다 8자 모양의 조이개를 꽂고 시간을 감고 때를 조인다. 그러면 시계는 하루의 시간을 만들어 내게 배당해 주고 그것으로 나는 세월을 만든다. 그렇게 우리는 시간을 같이 만드는 훌륭한 협업자協業者들이다.

그런데 언제부턴가 벽시계의 태엽 감기가 무거워지기 시작하더니 시간도 조금씩 늦어졌다. 일주일에 오 분쯤 늦을 때는 예사롭게 생각했는데 점점 더 늦어지면서부터는 신경이 쓰였다. 종 칠 때마다 늦는 만큼 시간을 보태야 하고 거기에 맞춰 내 일상도 덩달아 조급해졌다.

"이거 좋은 시계예요. 우리나라 제품 아닙니다. 함부로 다루시니 그렇죠."

여러 번 동네 시계수리점 주인에게 들은 훈계였다. 그러나 고쳐서 집에 가져오면 그 시계는 다시 서서히 과거로 돌아갔다. 시간을 선도해야 할 시계가 과거로 뒷걸음을 치다니, 게다가 가끔 오는 아이들마저도 분별없이 치는 종소리에 불평을 했다. 어떤 때는 안면방해죄로 추를 잡아 시간을 정지시키는 수모까지 겪었다. 시간을 박탈당한 시계, 그건 그 시계를 좋아하는 나까지 자존심이 상했다.

늦장 부려 애를 먹이는 벽시계와는 다르게 파우더룸의 플라스틱 시계는 너무 빨리 가서 걱정이다. 아무리 잘 맞춰 놔도 이삼 일에 십 분이나 빠르다. 달리기 선수 같다. 성질이 급해서 나를 혼란에 빠뜨리긴 해도 게으름 피우는 나를 채근해 늘 부지런을 떨게 한다. 배터리 탓인가 싶어 수리점에 가면 주인이 말한다.

"수리비에 조금만 더 보태서 새로 사세요."

그렇지만 난 그걸 버리지는 않을 것이다. 외출시간에 쫓기다가 그 시계가 십 분이나 내게 덤을 준 날은 하루가 얼마나 넉넉한지 모른다. 미리 떠난 십 분 거리 전철역 길에서 꽃 보고 하늘 보며 여유있게 걸어도 되고, 바로 앞에 떠난 전차를 가버린 사람 원망하듯 미워하지 않아도 된다. 시간은 잘 못 맞춰도 내게 넉넉함을 주어서 좋다.

어린 시절 고향집 사랑채 대청마루에 걸렸던 할아버지 벽시계가 생각난다. 그 시계가 사랑채에서 종을 치면

당당한 울림이 안채를 지나 행랑채를 휘둘러 온 집안을 호령하는 듯 감돌았다. 할아버지는 책력으로 절기節氣를 가늠하셨기 때문에 시계의 역할을 크게 염두에 두지 않으셨다. 그래도 때를 알리는 시계에 태엽 감는 일은 잊지 않으셨다. 그래선지 시계가 좀 빠르거나 늦는 데 대해서는 별 탓을 하지 않았다. 시골 생활이 할아버지에게는 분초를 다툴 일이 없었을 것이다. 그저 시계가 알려주는 종소리를 귀담아듣고 하루의 때를 분별하는 것으로 소용하셨다. 어쩌면 할아버지에게 시계는 그냥 시간의 상징물이었는지도 모른다.

어느 해 겨울 저녁, 할아버지는 대청마루 기둥에 걸려 있는 시계에 밥을 주려고 높은 디딤 의자에 올라가셨다. 한 손에는 석유등잔을 들고 다른 손으로는 태엽을 감았다. 그런데 갑자기 중심을 잃고 등잔이 떨어지면서 두꺼운 버선에 석유가 흠뻑 배었다. 순식간에 불이 붙었다. 놀란 식구들이 불꽃을 보고 달려와 불을 껐지만 할아버지는 화상으로 겨우내 누워계셨다. 아버지는 당장에 검게 그을린 벽시계를 떼어 버리려 했지만 할아버지는 극구 말리셨다.

그 뒤 벽시계는 시커멓게 그을린 채 벌서는 아이같이 마루 기둥에 오래도록 걸려 있었다. 상처가 다 나으신 후에도 할아버지는 시계를 떼어 내지도 고치지도 않으셨다. 그래서 그 시계는 속죄하는 불효자처럼 할아버지가 천수를 다 하실 때까지 곁을 지켰다.

세 개의 시계, 그것들은 내게 제각기 다르게 시간의 의미를 말해 준다. 하지만 그런대로 좋다. 하루에 십 분이나 늦게 가는 시계는 나를 그만큼 젊음에 머물게 해 주니 좋다. 또 십 분을 빨리 가는 시계는 내게 시간을 미리 쓰도록 허락해 줘서 고맙다. 마치 저금통장에 남아 있는 잔액 같다.

이 둘이 내게 가리키는 세월을 잘 조절하면 여유 있게 살아갈 수 있는 재미가 생겨 즐겁다. 그리고 할아버지 시계처럼, 시계란 꼭 시간을 알려 주는 것만이 존재 이유일 수 없다는 생각을 해 본다. 어떤 물건은 그것이 과거의 기능은 잃었다 해도 거기 그 자리에 있는 것만으로도 존재 의미가 충분할 수 있기 때문이다. 나도 그런 의미에서는 할아버지 벽시계 같은 존재로 살아보면 어떨까 싶다.

모멘텀이 뭐길래

며느리가 골이 나 있었다. 제 신랑이랑 다투었다는 것이다. 그것도 라면 때문이었다며 어이없어했다. 별일 아닌 것 같아 그냥 지나치려다 무언가 짚이는 게 있었다.

결혼 전 아이들과 같이 살 때 나는 집에 라면을 사오지 못하게 했다. 먹지 못하게 할 뿐 아니라 위반하면 벌금까지 무겁게 받았다. 체중이 걱정되어서였다. 그러나 아이들은 라면 끊기가 쉽지 않은 듯 가끔 동네 마켓에서 라면 한두 개를 검은 비닐봉지에 숨겨 왔다. 그리고 각자 독특한 조리법을 개발해 가면서 그 맛을 즐겼다.

큰아이 레시피는 비교적 단순하다. 냄비에 물을 넉넉

히 붓고 마른 야채와 다시마 조각을 먼저 넣어 육수를 만든다. 맛있게 우러나도록 한참을 끓인 육수에다 튀김 기름을 살짝 걷어 낸 면을 넣고 뚜껑을 열어 놓은 채 불을 줄인다. 그때부터는 딴청을 부린다. 이층에도 올라갔다 오고, 어떤 땐 텔레비전도 본다. 저러다 면이 너무 불지 않을까 걱정스러울 때까지 한참을 내버려둔다. 라면이 마치 속풀이 국처럼 풀어지면 그때서야 대파를 넣고 계란도 풀어 넣는다. 국물이 순두붓국처럼 시원하게 어우러지면 그 맛이 일품이라고 자랑한다.

막내가 끓이는 방법은 좀 특이하다. 물을 양보다 조금 적게 냄비에 올린다. 그러고는 절대로 냄비 곁을 떠나지 않는다. 면을 얼마나 익히느냐가 그애의 관건이기 때문이다. 마치 병아리를 채어 가려는 매의 눈초리처럼 끓는 물방울의 열점을 매섭게 쏘아본다. 그러다가 이때다 싶으면 잽싸게 면을 넣는다. 양념은 기본적인 것 말고는 아무것도 넣지 않는다. 그가 원하는 것은 수확을 끝낸 밀밭의 흙냄새가 섞인 맛이란다. 고들고들하게 오그라든 면이 진한 국물에 자박하게 바닥에 깔릴 즈음 냄비 뚜껑을 젖히고 한 젓가락을 들어올린다. 그 맛을 위해서 초를 다투어 시간과 싸우는 그 애는 자기 라면 레시피에 자신감을 갖고 한 젓가락도 양보할 줄 모른다.

딸아이는 라면을 아예 끓이지 않는다. 그러니 조리법이 따로 있을 리 없다. 동생들이 끓이는 라면 냄새가 소문처럼 온 집안에 고루 퍼지면 다, 다, 다, 다, 이층 계단을 뛰어내려오는 소리가 들린다. 별명이 '한 젓가락'인 딸이다. 라면 한 개는 혼자 먹기에 너무 많다는 게 그 애의 주장. 그래서 동생들이 끓이는 라면 냄새만 나면 나무젓가락을 곧추세우고 부엌으로 뛴다. 알맞게 익어 귀밑 침샘을 자극하는 MSG의 유혹, 젓가락에 휘감기는 뜨거운 면발의 출렁거림, 그때가 라면 맛이 절정에 이르는 타이밍이란다. 하지만 누가 그 맛을 끓이지도 않은 그 애에게 순순히 내어줄까.

첫 젓가락 다툼으로 부엌이 시끌벅적하다. 각자 끓여 먹으라 해도 딸아이는 라면은 뺏어 먹는 맛이 별미라 하니, 라면 분쟁이 쉽게 끝나지 않을 것 같다.

그날도 막내가 한 개 남은 라면으로 별식을 만들기 위해 주방에 나갔다고 한다. 특별한 요리도 아닌데 이상하게 라면을 끓일 때면 시비가 자주 붙는다. 언제나 옆 사람의 사소한 참견이 문제다. 야채를 넣어라, 계란은 왜 안 넣느냐, 나 한 젓가락 주라, 어떻게 하면 최고의 맛을 살릴까 신경이 날카로워진 아들에게는 참아내기 힘든 간섭이긴 하다.

며느리는 처음 몇 마디 하다가 별 반응이 없자 간섭을 그만두었단다. 그런데 느닷없이 끓이던 라면 냄비를 통째로 부엌 바닥에 내동댕이쳤단다.

"왜 남의 모멘텀을 망치는 거야?"

무섭게 치켜뜬 눈으로 쏘아보며 뛰어나갔다고 한다. 며느리는 너무도 황망하여 한마디 대꾸도 못하고 횡하니 나가는 아들을 쳐다볼 수밖에 없었단다. 어떻게 그럴 수가? 그 말을 들은 나도 아들의 태도가 도무지 이해가 되지 않았다. 어처구니가 없었을 며느리에게 민망스럽기까지 했다. 혹시 어릴 때 내가 너무 라면에 간섭해서 생긴 트라우마일까.

사전에서 '모멘텀'을 찾아보았다. '물체에 작용하는 힘의 크기와 그 물체 속의 어떤 정점에서 그 힘의 방향 선 위에 내린 수선垂線의 길이와 곱積으로 표시된 양.'

너무도 난해한 물리학적 해답이었다. 잘 풀어보려던

문제를 더 난처하게 만들어 버릴 것 같았다. 그래서 나는 차라리 오래전 남편 이야기로 며느리를 이해시키는 게 훨씬 쉬울 것 같은 생각이 들었다.

남편은 요리 애호가였다. 그래선지 식품 선택도 까다로웠고 식성도 별났다. 그는 남자치고 떡을 좋아했는데, 그것도 꼭 S백화점 식품부에 가서 직접 골랐다. 좋아하는 떡을 종류별로 사서 포장하는 방법 또한 특별했다. 집에 가는 동안 차 안에서 먹을 것, 집에 가서 먹을 것, 그리고 냉동시켰다 먹을 것, 이렇게 세 가지를 각각 따로 포장했다. 떡은 신선도에 따라 맛이 다르다는 게 그의 지론이었다. 그래서 차 안에서 먼저 먹을 것은 반드시 차 앞자리에 실었다.

그날도 떡을 사가지고 광화문쯤 갔을 때였다. 남편이 차 안에서 먹으려고 따로 포장한 떡을 찾았다. 그런데 하필이면 그날따라 떡 봉투를 모두 트렁크에 넣었다. 계속 떡을 찾으며 화를 내던 그와, 그냥 집에 가는 나와 옥신각신 실랑이가 벌어졌다. 그는 광화문 이순신 동상 근처에 차를 세우고 떡을 꺼내겠다고 고집을 부렸고, 나는 집까지 이십 분이면 되니 그냥 가자고 달랬다. 8차선

도로 양 옆엔 교통경찰이 호각을 불고 있는데도 아랑곳하지 않았다.

결국 그는 동상 앞에 차를 세우고 말았다. 그리고 트렁크를 열더니 떡을 꺼냈다. 호각을 불며 달려온 교통경찰이 발부한 불법정차 스티커를 공손하게 받았다. 그리고 미안하다고 정중히 사과하는 것도 잊지 않았다.

집에 가는 차 안에서 그는 내 눈치를 살폈다. 여느 날 같으면 운전하는 그의 입에 떡을 넣어 주었겠지만 그날은 그러고 싶지 않았다. 그의 식탐이 미웠다. 한참동안 내 표정을 살피던 그가 떡 한 개를 슬며시 꺼내더니 가만히 자기 입에 넣었다. 그리고 지그시 눈을 감으며 흐뭇한 목소리로 중얼거렸다.

"아, 이 맛!"

그런데 감탄하는 그의 표정에서 나는 문득 다른 느낌의 감동을 받았다. 그건 식탐과는 전혀 다른 차원이었다. 그가 그렇게 주장하던 맛의 정점이 집에 가는 동안 변할 수도 있겠다는 것, 그래서 감각의 극점을 찾는 포인트가 다를 수도 있다는 것이 이해되었다.

살면서 우리는 스스로 제어할 수 없는 아주 많은 감각

의 극점에 도달하게 된다. 그것은 조절에 따라 불꽃같이 맹렬히 타기도 하지만, 연기처럼 흔적 없이 사라지기도 한다. 우리가 구하는 최상의 정점. 우리는 그 최고점을 찾기 위해 부단히도 감각을 더듬으며 살아간다. 그게 어디 맛뿐이겠는가, 욕망도 그렇고 사랑도 그렇다.

집요하게 미각의 최고점을 고집했던 남편, 최상의 맛의 정점을 만들려다 타이밍을 놓치고 감정을 폭발했던 아들, 경우는 달랐지만 그들은 맛의 정상을 치열하게 추구했던 것이리라. 대를 이은 두 사람의 DNA. 도대체 모멘텀이 뭐길래 그 난리였을까? 나와 며느리는 마주 보며 소리 내어 웃었다.

근심스런 삼월

이월은 짧다.

제 꼬리를 자르고 줄행랑치는 도마뱀처럼 어느 새 자취를 감춰 버리는 게 이월이다. 일월이 새해맞이 축하 속에 첫 관문을 열어도, 입춘이 봄 빗장을 열어도 도무지 계절 가늠이 되지 않는 게 이월이다. 달력 두서너 칸 빈자리를 채우지 못한 탓이 이리도 클까. 떠나기 싫어 하는 겨울을 달래 보내고 망설이는 봄에게 손 내밀어야 하는 것 모두가 이월에게는 여간 힘들지 않다.

그래선지 삼월도 이월 뒤에 바짝 다가서기는 민망스럽다. 아직도 생솔가지 타듯 매캐한 찬바람이 코끝을 쏘아 대는데 자연의 순리라 해도 계절의 순서는 지켜야 하지 않을까. 경칩만 믿고 물색없이 땅 위로 뛰어나온 개구리도 녹록지 않은 추위에 놀라 땅속으로 되돌아갈 판이다.

음력 이월은 심술궂은 영등 할매가 사나운 삭풍朔風으로 관장하는 달이기도 하다. 거칠게 이곳저곳 몰려다니는 흙바람을 맞고 이제 막 겨울잠에서 깨어나려는 새싹들은 주눅이 든다. 해마저 구름 속으로 숨어 버리니 햇볕이 아쉬운 여염집에서는 상서롭게 여기는 장 담그기조차 조심하는 달이 삼월이기도 하다.

그런 까다로운 삼월의 나무들은 심한 입덧에 시달린다. 온몸에 보풀듯 돋아나는 새순을 잉태한 우듬지는 거친 바람이 어지럽다. 겨울 동안 추위에 원기를 잃은 밑가지들도 새순으로 물을 올리느라 지쳐 있다. 속잎은 저만치 위에서 차례를 기다리는데, 앞장선 나뭇가지는 여전히 찬바람에 맞설 용기가 없다. 까치집이 훤히 들여다보이는 앙상한 삼월의 나무을 보면 입덧으로 고생하는 임신부가 연상된다.

삼월은 한 장의 수묵화 같다. 화선지에 먹물 한 방울, 그 위에 물 몇 방울 떨어뜨려 회색으로 번지면 더욱 좋다. 그 색으로 바탕을 두고 그 위에 진한 잿빛으로 무겁게 붓을 눌러 나무둥치를 그린다. 각이 져 구부러진 나무 마디를 두껍게 덧칠한다. 실가지엔 점점이 잎눈을 찍고 나면 바탕의 원경이 하늘이어도 좋고 가까운 산이어도 좋은 게 삼월이다.

이런 삼월이 되면 나는 근심이 많다. 아침마다 밖을 내다보며 유난히 추위를 타는 감나무의 기색을 살핀다. 어린 나무였을 때는 가을에 짚으로 밑동을 싸서 추위를 막아 주었지만, 이제는 삼십 년이 넘었으니 추위쯤 혼자 견디겠지 마음 놓다가도 늦봄까지 잎눈이 피지 않으면 안절부절이다.

추위를 견디지 못하고 깊이 병든 철쭉도 그렇다. 붉은 봄을 앞두고 가지가 잘려 나가는 아픔을 겪는다. 지난겨울 폭설의 무게를 이기지 못해 부러진 소나무 가지도 걱정스럽다. 너무 높아 부목도 대주지 못하고 살아나겠지 하는 희망으로 쳐다만 보고 있다. 그 밑에서 껄끄러운 솔잎을 듬뿍 뒤집어쓰고 죽은 듯 손을 벌리고 있는 목련의 침묵도 나를 불안하게 하기는 마찬가지다.

그것들 모두는 나와 함께한 세월이 삼십 년이 넘는다. 이제 나이 들어 병들고 아픈 데가 어디 한두 군데일까.

화분에 옮겨 심을 수만 있다면 겨울 동안 방안으로 데려
와 같이 지냈을 것이다.

그뿐이랴. 굳게 얼어 버린 땅속에서 해마다 나오겠지
하던 옥잠화, 매발톱, 산나리꽃, 흰초롱이도 연약한 뿌
리로 호된 추위를 무사히 견뎠을까, 소식 없는 그것들의
안부가 몹시 걱정스럽다.

땅 밑에 움츠리고 있을 많은 생명들, 조금만 따뜻해도
성급하게 햇볕을 쬐러 나오는 지렁이는 쌀쌀한 날씨에
얼어 죽지나 않았는지, 이런저런 모든 것들이 내 삼월의
근심거리다.

삼월의 바람이 거칠게 창문을 두드린다. 심술궂게 나
뭇가지를 흔들고 유리창에 흙을 뿌리고 도망간다. 다정
하듯 포근하게 풀어지는가 싶다가 다시 싸늘하게 토라
지는 냉기. 청명이 지났는데도 여태까지 봄의 빗장을 틀
어쥔 삼월은 얼마나 더 고집을 부릴 건지. 설마 겨울과
봄 사이에 또 다른 계절을 하나 더 만들 심사는 아닌지
모르겠다.

엊그제 날씨가 누그러진다기에 겨우내 햇볕에 굶주려
창백한 화분을 밖에 내놓았다가 하마터면 얼려 죽일

뻔했다. 오늘 아침에는 겨우내 울지 못한 작은 새가 목소리를 가다듬느라 노래 연습을 하고 있었다. 남쪽에서는 벌써 꽃 소문이 요란하고 화사한 꽃수레를 탄 사월이 봄노래를 부르며 가까이 오고 있는데, 삼월 너도 이제 겨울을 내려놓고 떠나야 하지 않을까. 나도 그만 삼월의 근심을 내려놓고 싶다.

달빛 따라가기

여름밤 하늘에 촘촘하게 뿌려진 별무리 사이로
보름달이 환하게 내려다보고 있었다. 풀벌레들
이 극성스레 울어대며 내 산책길을 따라나섰다. 논둑 샛
길엔 낮더위에 종일 뱉어 낸 벼들의 단내가 가득 고여
있었다. 바다 가까운 후밋길로 들어서니 초저녁 이슬에
젖은 풀들이 발목을 잡아당겼다. 이제껏 숨바꼭질하며
따라오던 풀벌레들이 갑자기 울음을 뚝 그쳤다.

바다였다. 발치 아래엔 끝없는 포물선이 이어진 만조
의 바다가 펼쳐져 있었다. 밀려오는 파도를 겨우 막아선
허술한 둑 아래엔 한 줄로 늘어선 해당화가 바닷물에
목까지 잠겨 흔들리고, 해당화 꽃향기가 반딧불이인

양 사방으로 흩날렸다. 잔물결들이 길게 손을 잡고 흰 거품을 뿜으며 내 앞으로 달려왔다. 마치 거대한 어떤 힘이 엄청나게 큰 그릇에 가득 담긴 물을 천천히 내 앞으로 쏟아붓는 것 같았다.

바람 한 점 없는 허공엔 보름달이 풍선처럼 무심하게 떠 있고, 바다 위엔 황홀한 달빛 길이 수평선까지 길게 뻗어 있었다. 하얀 은으로 포장된 듯한 그 길은 곱고 단단해서 밟고 따라가면 달까지도 갈 수 있을 것 같았다. 갑자기 달빛 길을 따라 걷고 싶은 충동이 일었다.

신을 벗고 가만히 바닷물에 발을 들이밀었다. 달빛이 바스러지더니 모래가 간질이며 포근하게 발목을 감쌌다. 별빛같이 반짝이는 물 위에 은빛 길이 달을 향해 길게 뻗혀 있었다. 한 발자국 내디딜 때마다 작은 나문재가 비질하듯 물길을 쓸어 주었다. 몇 걸음 앞으로 나가니 바닷물이 무릎까지 차오르며 물에 옷이 젖어 몸이 앞으로 쏠렸다. 발밑에서는 어린 칠게가 몸부림을 쳤지만 나는 알 수 없는 힘에 이끌려 그냥 달빛을 따라갔다.

바다 밑이 평평해지더니 물길은 점점 깊어졌다. 그러자 갑자기 깃털같이 가벼워진 몸이 붕 뜨더니 바닷물을 따라 어디론가 떠내려가고 있었다. 정신이 혼미해지며 어느새 나는 서서히 바다의 해초나 물고기로 변신해 가고 있었다.

바닷물은 어머니 배 속의 양수처럼 포근했다. 나는 그 속에서 새로 잉태된 하나의 생명체가 되어 너울대는 물결과 함께 춤을 추었다. 아가미를 부풀리고 팔을 휘젓는 물고기가 되어 갔다. 세포 하나하나에서 비늘이 돋아나고 지느러미가 솟아나더니 입안엔 어느새 짭짤한 바다 맛이 고였다. 이미 나는 바다에서 사는 생물로 변신이 되었다. 나는 마치 카프카의 《변신》에 나오는 그레고르처럼 이상하게 몸이 조금씩 변해 가는 걸 느끼게 되었다.

나는 바다가 되었다. 그리고 달이 되었다. 비단같이 펼쳐진 바다 위엔 오롯이 머리만 나온 나뿐. 바다는 수평선 양 끝을 힘껏 잡아당겨 아름다운 포물선을 그리고, 달은 하늘 가운데에 장엄하게 머문 채 꼼짝도 하지 않았다.

바로 그때 광대무변한 천체에서 나는 섬광 같은 전율을 느꼈다. 참으로 경이로운 광경이었다. 달과 바다가 서로 속삭이듯 말하는 것이었다. 신화 속의 신들이 그러하듯이.

"이제 그만 돌아가자!"

달이 바다에게 넌지시 지시했다. 달은 금방 순종의 몸짓으로 바닷자락을 우주 궤도에 올려놓고 시간의 방향을 돌리려는 거룩한 의식을 거행하는 것이었다.

순간 내 영혼 안에 아직도 머물던 환영 하나가 유년의 꿈속을 향해 환상의 터널로 빠져나갔다. 그곳은 어릴 적 동화 같은 꿈속의 대낮 바다였다. 거울같이 맑은 바다에서 나는 색색가지 아름다운 해초와 예쁜 물고기들과 유영을 즐기고 있었다. 피터 팬처럼 유리구슬 같은 물방울을 뽀글거리며 즐겁게 물장난을 치다가 어느 순간 바다 위로 머리를 내밀었다. 물 밖엔 맑고 밝은 세상이 펼쳐져 있었다. 하늘엔 빨간 해와 파란 바다 위엔 오직 나 하나뿐. 거긴 유년의 꿈속이었다.

그 밤, 나는 바다에서 만난 달과 바다가 지구 궤도를 바꾸려는 순간 유년의 꿈속으로 들어가 그 신비한 환영을 다시 보았다. 낮을 지배하는 헬리오스와 밤을 지배하는 루나가 두 번씩이나 왜 나에게 다가왔는지, 알 수 없는 우주의 계시인 것 같았다.

나의 무모한 일탈이었을까. 나를 감쌌던 환몽의 세계

는 안개처럼 걷혀 갔다. 그리고 곧 나는 아무 의미도 없는 하나의 사물이 되어 갯벌 위에 내쳐졌다. 코밑까지 차올랐던 바닷물은 목과 어깨를 타고 서서히 잦아들고, 달빛은 미세한 습기를 닦아내며 내 몸을 타고 미끄러져 갔다. 바닷물은 조개더미같이 텅 빈 나를 갯벌에 남겨 놓고 흰 꼬리를 흔들며 멀리 달을 따라가고 있었다.

그 밤 내가 어떻게 집에 왔는지 지금도 생각이 나지 않는다. 이십 대의 오만으로 달빛을 따라갔다가 예기치 않게 우주의 신비를 경험했다. 황홀한 영험의 세계와, 유년에 꾸었던 동화 같은 꿈속으로 다시 들어가 현실과 꿈의 세계를 동시에 경험했던 신비로운 형상. 그것은 아마도 내 생의 영적 계고戒告이었던 것 같다. 그래서 나는 지금도 그런 예시가 언젠가 내 생에 다시 신화로 나타나 또 다른 차원의 세계를 보여 주리라 기대하고 있다.

천 원의 화두

다니던 치과가 변두리로 이사를 갔다. 먼 거리였지만 오랜 단골이어서 전철을 타고 어렵게 찾아갔다. 치료하고 나니 식후 삼십 분에 꼭 먹으라며 약 처방을 해 주었다. 집으로 가는 길이 아니어서 약을 먹기 위해서는 간단한 식사를 해야 했다.

그런데 낯선 동네 식당에 혼자 들어가는 것이 망설여졌다. 마땅한 곳을 찾아 주위를 한참 기웃거리다가 온통 비닐로 싸여 있는 작은 집이 눈에 들어왔다. 밖에서 보기에도 김이 서려 물방울이 쪼르르 흐르는 것을 보니 따뜻한 음식을 파는 곳 같았다.

테이블이 서너 개, 즉석 어묵이랑 김밥을 파는 집이었

다. 나는 적당한 음식으로 속을 채우고 약만 먹으면 되겠기에 간단한 메뉴를 찾았다. 별다른 건 없고 채반에 쌓아 놓은 김밥이 눈에 띄었다. 칠십쯤의 무뚝뚝한 할머니 두 분이 무심히 앉아 있었다.

"여기 김밥 주세요."

주문이 떨어지기가 무섭게 할머니 한 분이 어른 손가락보다 조금 굵고 조금 긴 김밥 여섯 개를 비닐을 뒤집어씌운 접시에 담아 말없이 던지듯 놓고 갔다. 그렇게 생긴 김밥은 처음 보았다. 어쩐지 홀대받는 기분이 들어 딸꾹질 같은 불만이 튀어나오려는 걸 꾹 누르고 김밥 한 개를 베어 물었다. 그러나 질겨서 잘라지지 않았다.

"김밥 좀 잘라 주실래요?"

아까 그 할머니가 곱지 않은 표정으로 공업용같이 큰 가위를 들고 오더니 김밥을 삼등분으로 숭덩숭덩 잘라 놓고 갔다. 자르기는 했지만 김밥이 목으로 넘어가지는 않았다. 그냥 나갈까? 하다가 아침도 먹지 않은데다 약 생각이 나서 그냥 먹기로 했다.

"여기 무슨 국물 같은 건 없나요?"

망설이다 주눅이 들어 나오지 않는 목소리를 억지로

끄집어냈다. 입이 반은 나온 할머니가 어묵 냄비에서 종이컵에 국물을 떠다 테이블 위에 턱 놓고 갔다.

위벽을 보호할 만큼만 먹었다. 더 먹었다가는 탈이 날 것 같았다. 삼십 분을 기다릴 것도 없이 빨리 약 먹고 그 식당을 나오고 싶었다. 그런데 둘러봐도 물컵이 보이지 않았다.

"물은 어디에 있어요?"

될수록 겸손하게 보이려 애를 썼다. 그런데 힐끗 나를 흘겨보던 할머니의 불만이 드디어 김밥 옆구리 터지듯 쏟아졌다.

"물은 쎄푸요. 천 원짜리 김밥 먹으면서 시키는 게 많기도 하네."

나를 쳐다보지도 않고 퉁명스럽게 내뱉었다.

그러니까 이 김밥이 천 원이란 말? 해서 내가 천 원짜리 음식을 시켜놓고 염치없이 몇 번이나 심부름을 시켰단 말인 게다. 어렴풋이 상황 판단이 되자 나는 어디서부터 이 할머니와 엇갈린 감정을 풀어야 할지 당황스러웠다.

생각해 보니 그 할머니는 처음부터 까닭 모르게 나에게 불친절했다. 그럼 천 원짜리 음식을 사 먹는 사람들은 모두 그런 푸대접을 받아야 하는 건지. 아니면 내가 무슨 특별한 잘못이라도 했거나 자기 비위에 거슬리는 것이라도 있는지. 얼굴이 화끈 달아올랐다. 무안해진 나는 한마디 변명이라도 하고 싶었지만 무섭게 치켜뜬 할머니의 눈을 보니 도무지 입이 열리지 않았다. 할 말을 찾지 못한 나는 얼른 밖으로 나와 버렸다. 이유도 모르고 야단맞고 쫓겨난 아이처럼.

밖은 시끄러웠다. 연말이어선지 거리엔 사람들이 부산스럽게 오고갔다. 맞은편 과일가게에서는 아저씨가 큰 비닐봉투에 한가득 귤을 담아 들고 외쳐댔다.

"천 원요! 천 원!"

금방 사람들이 그쪽으로 길게 줄을 섰다. 천 원의 김밥으로 퇴박맞고 우울한 나와는 대조적으로 천 원의 귤 한 봉지에 줄을 선 사람들은 모두 밝은 표정이었다.

집에 와서도 김밥이 계속 목에 걸렸다. 결국은 꺼내고 싶지 않던 그 이야기가 아들과의 대화에서 튀어 나왔다.

"그러니까 엄마는 세상을 반만 보고 사시는 거예요. 천 원보다 더 싼 김밥도 많거든요. 엄만 그냥 마음 편한 음식점에 다니세요."

상냥하게 타이르듯 말했다. 마치 분위기 감당이 안 되는 곳에 가서 마음 상하지 말고 정서에 맞는 음식점에 다니라는 말같이 들렸다. 그러면서 은근히 천 원에 대한 근본을 애초부터 모르는 사람 취급을 했다. 섭섭했다. 천 원으로 말하면 저보다는 나와의 인연이 더 깊은데 나에게 온당치 않은 혐의를 두는 느낌이 고까웠다.

천 원은 원래 저희 세대들이 불만의 깃발을 내걸듯 그렇게 반항적이지 않았다. 천 원은 온유하고 겸손하며 많지도 적지도 않은, 우리 모두가 살아가는 가장 너그러운 희로애락의 구심점이고 가치 기준이었다. 지금도 콩나물 값의 기준이고 계란 값의 기준이다. 아직도 어린아이들에게 천 원은 큰 희망이고 기쁨이다.

그런 세대를 살아온 나에게 세상을 반밖에 모른다니, 그럼 내가 모른다는 나머지 세상은 또 어떤 세상이란 말인가. 아까 그 할머니처럼 천 원의 기득권으로 그 대가를 받아내려는 사람들에게 무조건 고개 숙여야 하는 건지.

언제부터 천 원의 가치 뒤에 그렇게 뒤틀린 생각이 숨어 있었는지 화가 났다. 그래서 그 기점에 금을 긋고 건너편에 서서 내게 불쾌감을 보였던 그 할머니에게 대들고 싶었던 화까지 싸잡아 아들에게 퍼부어 댔다.

내가 생각하는 천 원의 가치는 네가 짐작하고 있는 그런 오만이 아니라고. 천 원의 가치를 그렇게 온당치 않게 생각해서는 안 된다고 쏘아댔다. 그러나 한편으로 그 애가 세상을 바라보는 시선이 어쩌면 나보다 편견은 없을지도 모른다는 생각이 들었다.

무엇이든 자르고 보면 단면이 보인다. 그게 시간이든 돈이든 인생이든. 그런 단면을 세밀하게 들여다보지도 않고 주장만 내세웠던 내 편견이 천 원을 모욕한 건 아니었을까. 아무래도 나는 '천 원'이라는 화두를 가지고 더 깊이 통찰해야 할 것 같은 생각이 든다.

아나는 살아 있을까

우리 동네에는 들고양이가 유난히 많이 산다. 산이 가까워 작은 새나 들쥐 같은 먹이가 많은 탓도 있지만 대부분 주택이어서 새끼 낳아 기르기가 좋기 때문인 것 같다. 누구네 집이건 허락도 없이 들어와 마땅한 터를 잡으면 그곳이 저희 집이 되곤 한다.

우리 집에 들어와 살던 고양이 가족도 예외는 아니었다. 배가 불러 다니던 어미가 며칠 보이지 않더니 차고 옆 소나무 밑에서 새끼를 낳은 것이다. 우리 아이들이 동생을 본 것처럼 난리가 났다. 미역국을 가져간다, 생선을 가져간다, 매일 수선을 떨더니 며칠 후 아이들이 갑자기 풀이 죽어 조용해졌다.

새끼 다섯 마리 가운데 한 마리만 남고 모두 사라졌다는 것이다. 설마 싶어 고양이 집에 가 보니 눈도 못 뜬 작은 새끼 한 마리만 죽은 듯이 누워 있었다. 나도 놀라기는 했지만 우선 상심한 아이들을 달래야 했다.

"어미가 곧 돌아올 거야, 기다려 보자."

그러나 닷새가 지나도 어미는 돌아오지 않았다.

혼자 남은 아기 고양이를 어떻게 해야 할지 걱정이 되었다. 일본 사는 동생과 의논하기로 했다. 언젠가 동생네 집 차고에 들고양이가 새끼 다섯 마리를 낳아 놓고 사라졌던 이야기를 들은 적이 있기 때문이었다. 어미를 기다리다 굶고 있는 새끼가 걱정된 동생은 우유병을 사다가 우유를 먹일 수밖에 없었다고 한다.

그런데 일주일이 넘어서 집에 돌아온 고양이 부부가 그날 저녁 무슨 의식이라도 치르듯 번갈아가며 밤새워 처절하게 울부짖었단다. 이상한 생각이 들어 아침 일찍 차고에 가 보니 새끼들을 모두 물어 죽이고 사라졌다고 한다. 놀란 동생의 신고로 달려온 동물 검역소 직원들 말이, 고양이는 갓 낳은 새끼를 사람이 먼저 만지면 물어 죽이는 습성이 있다는 것이다. 그러면서 새끼는 태어나서 일주일까지는 어미 배 속에서 섭취한 영양으로 충분히 살 수 있기 때문에 그 사이에 새끼들과 안전하게 살 집을 구하러 다녔을 것이라고 했단다. 고양이 생태도 모르는 사람들이 무모한 간섭을 해서 태어나자마자 참혹한 죽임을 당한 새끼들이 불쌍하다며 전화에 대고 우는 동생을 따라 같이 울었던 기억이 났다.

동생은 아무래도 남겨진 새끼에게 문제가 있을 것 같다고 했다. 그리고 만일 아기 고양이를 병원에 데려간다면 그 후부터는 반드시 나보고 책임지라고 다짐했다. 그 아기 고양이는 다시는 어미의 보살핌을 받을 수 없다는 것이 이유였다. 난감한 일이었다. 그러나 이래도 저래도 죽을 수밖에 없는 그 어린 새끼를 모른 체할 수는 없었다.

고양이 상태를 살피고 난 동물병원장은 입원을 권했다. 그리고 며칠 후 병원에서 선천적 장애로 눈에 막이 덮여 제거 수술을 해야 한다는 연락이 왔다. 어미에게 버림받은 이유도 눈 때문인 것 같다고 한다. 나는 아픈 새끼를 매정하게 버리고 간 어미 고양이에게 부아가 치밀었다. 어쨌든 본의 아니게 보호자가 된 나로서는 어쩔 수 없이 적지 않은 수술비를 내고 새끼 고양이를 집으로 데려올 수밖에 없었다.

사실 나는 동물을 별로 좋아하지 않는다. 아니, 동물을 애완하기를 좋아하지 않는다는 표현이 맞을 것 같다. 자연스럽게 살아야 할 동물들을 사람들이 장난감처럼 다듬어서 데리고 다니는 것도 안타깝고, 애완 받지 못하는 다른 동물들과의 차별도 마땅치 않았다. 그래서 아이들이 어렸을 때 개나 고양이를 키우고 싶어서 졸라대도 "집에서 움직이는 것은 너희들로 족하다!" 하고 매정하게 잘라 말했다. 그런데 생각지도 않은 일로 야생 고양이를 집에서 키우게 되고 말았다.

이름은 '아나' 라 부르기로 했다. 우리 식구들이 제일 걱정했던 것은 혹시 어미가 아나를 해치지 않을까 하는 것이었다. 자기가 키울 것도 아니면서 어미는 안에서 잘 살고 있는 새끼를 가끔 유리창 밖에서 음흉한 눈빛으로 유심히 들여다보곤 했다.

아나는 어쩌다 문이 열리면 야생의 충동을 이기지 못하는지 쏜살같이 밖으로 달려 나가기도 했다. 그럴 때마다 혹시 어미 눈에 띄어 해를 당할까 봐 식구들은 정신없이 찾아다녔다. 갈포 벽지를 발톱으로 긁으며 천장으로 올라가거나, 씻지 않으려고 온 집안을 휘젓고 도망다니는 것 말고는 비교적 잘 적응해 주었다. 식성도 사료보다는 우리가 먹는 음식을 좋아했다. 또 아나는 수컷이어서 임신이나 출산으로 나를 귀찮게 하지도 않았다.

진짜 문제는 그 녀석이 사춘기가 시작되면서였다. 그때부터 밖에 사는 야생 고양이들과 치열한 영역 다툼이 벌어졌다. 어쩌면 자기 형제들일지도 모를 회색 바탕에 검은 가로무늬 고양이들이 우리 집 안팎을 에워싸고 마치 불량소년들처럼 떼 지어 몰려와 아나에게 시비를 걸었다. 체격도 작고 함께 싸워 줄 형제도 없는 아나는 외로운 싸움을 하면서도 결코 물러서지 않았다.

그럴 적마다 나는 기꺼이 아나의 편이 되어 주었다. 어떤 날은 저녁을 먹이려고 뒤꼍으로 가 보면 덩치 큰 고양이 네댓 마리가 진을 치고 나까지 위협하듯 덤벼들었다. 자기들과 다른 것을 먹는 아나에 대한 질투 같기도 하고 그 애만 감싸는 나에 대한 불만 같기도 했다.

나는 할 수 없이 아나가 밥 먹는 동안 한 손에 긴 막대기를 들고 그들을 쫓아내고 다른 한 손으론 종아리를 물어뜯는 모기를 쫓으며 보초를 서느라 애를 먹었다. 그러는 동안 그 녀석과 나는 조금씩 정이 들어갔다.

그러던 어느 날, 잠복한 형사처럼 예리한 눈초리로 늘 아나의 신변을 탐색하던 들고양이 우두머리와 아나가 치열하게 결전하려는 장면을 목격하게 되었다. 그들은 내 침실 창문 밖에 있는 화단 양쪽 끝에 서서 숨막히는 결투의 순간을 연출하고 있었다. 마치 아프리카 세렝게티 국립공원에서 결투하는 표범같이 온몸의 털을 곤추 세우고 등을 활처럼 구부린 채 꼬리를 착 내리고 마주서 있었다. 불꽃 튀는 눈초리로 서로를 꿰뚫어 보며 삼십여 분 기싸움을 하고 있었다. 나는 커튼 뒤에 숨어서 곧 벌어질 마지막 순간을 상상하며 신경을 곤두세웠다. 숨이 멎을 듯한 긴장감으로 손에서는 땀이 났다.

그런데 어느 순간 믿을 수 없는 일이 벌어졌다. 갑자기 그들은 눈싸움을 끝냈다. 그리고 아주 싱겁게 아무 일 없었던 것처럼 각각 돌아서서 가버렸다. 어찌된 일일까? 나는 비싼 입장료를 내고 엉터리 쇼를 본 것처럼 어이가 없었다. 게다가 별것도 아닌 동물들 싸움에 내가 더 흥분했던 것도 창피했다. 더구나 아나가 그렇게 쉽게 결전에서 물러난 것에 배신감마저 느꼈다.

그러나 다음 날 세상은 완전히 달라져 있었다. 어제의 내 판단은 완전히 잘못된 것이었다. 이미 세상은 아나 것이 되어 있었다. 어제 결투의 승리는 암묵적으로 아나의 완승 판결이 난 것 같았다. 대체 무엇이 그런 결론을 나게 했을까? 고양이 세계를 알 수는 없지만, 확실히 영역을 쟁취한 권력자는 아나였고, 아나는 야생 고양이 무리들 앞에서 점령군 대장처럼 군림했다. 어제까지 위협적이던 덩치 큰 야생 고양이들은 아나를 똑바로 쳐다보지도 못하고 힘없이 꼬리를 내렸다.

대체 무엇이 아나를 영웅으로 만들었을까? 신기하기만 했다. 저녁밥을 먹을 때도 다른 고양이들은 얼씬도 하지 못했다. 나도 옛날처럼 보초를 설 필요가 없었다.

그 다음부터 아나는 적극적으로 지지해 준 나에게 보답이라도 하려는 듯 우리 집 주변을 다른 고양이들이 함부로 들어오지 못하도록 철저히 감시했다. 자기가 힘이 없을 때 내가 다른 무리들의 시달림에서 지켜 주었듯이 그도 열심히 우리 집 안팎을 드나들며 영역을 지켜 주느라 온 힘을 다했다. 외출에서 돌아오면 어디서 보았는지 금방 나타나 내 앞에 발랑 누워 네 발을 하늘로 올리고 귀여움을 떨었다. 그르렁대는 소리로 애정 표시를 하며 내게 볼을 비벼댔다.

그런데 한 가지 걱정스러운 것은 그때부터 아나가 가끔 외박을 하는 것이었다. 한번 나가면 며칠씩 들어오지 않았다. 처음에는 혹시 불량배들을 만나 곤욕을 치르는 것은 아닌지, 혹은 어미에게 참혹한 징벌이라도 받는 것은 아닌지 걱정되었다. 그러나 한편으론 내가 가끔 집을 비우고 혼자 두는 것이 걱정스러웠는데 오히려 잘 됐다는 생각이 들기도 했다. 먹고 자는 문제를 친구들과 어울려 해결할 수 있다면, 이미 아나는 애완동물이 아니고 본래 야생동물로서의 면모를 갖춘 것이 아닐까 생각하니 훨씬 마음이 놓였다.

이런 생각으로 안심하고 얼마 전 한 달 동안 외국에 나가 있었다. 떠날 때도 나는 아나를 보지 못했다. 겨울이라 추웠는데 그때도 며칠이 되도록 집에 들어오지 않았다. 길에서 마주치거나 가끔 집에 들를 때도 씻지 않은 아나를 포근하게 안아 줄 수 없어서 등만 쓰다듬어 주고 맛있는 것을 모아 두었다가 주곤 했다. 그때도 아나는 무엇이 그리 바쁜지 내게 얼굴을 비비고 배를 젖혀 아양을 떨다가도 어디론가 재빨리 가버렸다. 아마 녀석에게 기다리고 있는 애인이 있는 게 아닌가 싶었다.

그렇게 헤어진 아나를 다시 본 것은 한 달 만에 집으로 돌아온 후 두 주가 넘어서였다. 그러잖아도 근래 드물게 눈은 쌓이고 아나는 보이지 않아 집 안팎을 둘러보며 찾아다니던 참이었다. 응접실에 있던 나는 밖에서 들리는 이상한 신음소리를 들었다. 직감적으로 아나임을 알아차렸다.

문을 박차고 나가보니 그렇게 찾아도 보이지 않던 아나가 침실 앞 화단 위에 시체처럼 쓰러져 있었다. 급히 안으려고 손을 내밀자 온몸이 박제된 것처럼 딱딱하게 굳어 있었다. 흙으로 풀칠을 한 듯 얼어붙은 아나의 모습은 살아 있다고는 생각할 수 없는 처참한 모습이었다. 그런데도 간신히 숨을 쉬고 있는 것 같았다.

"아, 아나! 아나!"

떨리는 손으로 급히 따뜻한 국물을 가져다 입안에 흘려 넣었지만 녀석은 아무것도 넘기지 못했다. 얼른 병원에 데려가려고 담요를 가지러 안에 들어갔다 와 보니 그 사이 아나가 보이지 않았다. 아주 잠깐 사이였다. 그런

몸으로 어디로 갔다고는 상상도 할 수 없는 지경이었다. 더구나 사방이 얼어붙어 움직인다는 건 도무지 불가능한 일이었다. 그런데 아나는 아무 데도 없었다. 여러 곳을 샅샅이 찾아보았지만 어디에서도 다시는 아나를 볼 수가 없었다.

사람들은 고양이가 영물靈物이라고 말한다. 그래서 죽을 때는 꼭 만날 사람을 보고 간다고 한다. 혹시 아나가 나를 찾아왔던 것이 그 때문이었을까. 그렇다면 어떻게 해서라도 아나를 살렸어야 했는데 참혹한 마지막 모습을 보고도 구하지 못했다. 그 죄책감이 지금도 나를 아프게 한다. 어디서 다시 만나 속죄할 수 있을까? 그래서 가끔 길에서 아나같이 생긴 고양이를 만나면 물어본다.

"너, 아나지?"

아직도 아나가 어딘가에 분명 살아 있을 것만 같은 생각이 들어서다. 아니, 꼭 살아서 나를 만나러 올 것 같다.

단추

어린 손녀는 집에 오면 늘 내 반짇고리를 가지
고 논다. 그 안에 있는 여러 가지 물건들이 신기
한 모양이다. 알록달록한 헝겊 조각들, 색색으로 감긴
실타래, 그중에서도 그 애는 예쁜 단추 갑에 제일 마음
을 쏟는다.

그 안에는 우리 식구들의 옷에서 고된 일을 끝낸 단추
들이 쉬고 있다. 마치 정년퇴임을 하고 노곤한 여생을
보내는 아버지의 엄지손가락같이 닳아빠진 모습이다.
식구들의 고단한 일상에서 아침을 열어 주고 저녁을 마
감했던 때 묻은 손잡이들, 그래서 나는 열심히 일하다가
짝 잃고 상처 난 단추들을 버리지 않고 다시 일할 때까

지 한곳에 모아 둔 것이다.

그런데 손녀는 옛날 내가 감꽃을 실에 꿰어 목걸이를 만들 듯 단추들을 색과 모양별로 실에 꿰어 목걸이랑 팔찌를 만든다. 다 만들어지면 내게 걸어 주고 저도 걸면서 이것저것 물어본다.

"할머니, 이 빨간 단추는 누구 옷에 붙어 있던 거예요?"

"이 단추는 왜 구멍이 없어요?"

"우리 아빠 옷에 붙어 있던 단추는 어디 있어요?"

그 애의 물음에 무심코 대답하다가 문득 나는 그 단추가 붙은 옷을 입었던 가족의 모습을 모두 기억하고 있다는 사실에 놀랐다. 더구나 그 단추를 수없이 끼우고 풀던 가족의 일상까지, 마치 낡은 사진을 보듯 지난 시간들이 되살아나는 것이 신기했다.

단추는 음양이 확실하다. 단추와 단추구멍의 생김이 그렇고 그 폭이 그렇다. 우선 횡으로는 어느 한쪽이 화합할 의사가 없으면 마주 잡을 수가 없다. 서로 짝으로 존재하는 그 내밀한 결합은 사랑을 의미하기에 사람의 이치와도 같다. 그들의 금슬은 우리 품격과도 같아서 조금만 뜻이 맞지 않으면 손을 잡지 않는다. 또 종으로는 일정한

간격을 두고 한 치의 어긋남이 없는지 확인하고서야 마음을 허락한다. 우리 생의 길이가 정해져 있듯 단추도 저들 사이를 결정한다. 그렇게 정해진 마디는 어느 한쪽의 배반을 용서하지 않는다. 시작을 무시하면 끝의 결과가 좋지 않다는 걸 단추들은 너무 잘 알기 때문이다.

흔히 말하기를 처음 짝을 잘못 만나 평생이 괴로운 사람에게 '첫 단추를 잘못 끼웠다' 고 한다. 또 일의 시작이 잘못 되어 끝이 좋지 않을 때도 그런 의미로 말한다. 우리가 굳이 생활의 도구인 단추로 이런 비유를 한다는 것은 단추가 가지고 있는 균형과 조합의 의미가 우리에게 엄한 교훈을 보여 주기 때문이 아닌가 한다.

단추는 우리의 보호막이 되어 주기도 한다. 우리를 단속하기 위해 위험한 일탈에는 빗장을 건다. 우리의 열정을 끊임없이 감시하며 묶고, 잠그고, 여미며 늘 규칙을 일깨워 준다. 어떤 사람이 단추가 열려 있거나 한 마디 엇갈려 끼우면 아무리 품위 있는 사람도 위신이 없어진다.

요즘 젊은 세대들이 즐겨 입는 옷에는 단추가 별로 없다. 끼우고 푸는 불편함이 싫어서이기도 하지만 시대적 디자인이 그런 것 같다. 기능이 간편한 옷을 선호하는 것이 그들 세대의 감각이기도 하니까. 단추 대신 지퍼나 쇠로 만든 잠금 고리를 더 편하게 생각한다. 한번 닫아 버리면 길이도 폭도 관계없이 자루 속에 갇혀 버린다. 또 쉽게 벗을 수도 있다. 그래서 입고 벗는 것에 그리 큰 개념을 두지 않는다. 그러다 보니 단추의 절제와 결합의 의미를 알 리 없다. 어쩌면 쉽게 벗어서 생기는 요즘의 혼란한 세태는 정성스럽게 하나하나 잠그는 단추의 인내와 겸손을 무시한 데서 온 습관이 아닌가 싶다.

시대적 배경으로 보면 중세 유럽 왕족이나 서구 귀족들이 입었던 의상이 우리에게 시사하는 바가 큰 것 같다. 존엄을 중시했던 그들의 시대에는 단추가 많이 달린 의상을 입었다. 우리가 본 영화나 그림 속에서도 그들은 옷에 달린 수많은 단추로 묶이고 조이는 고통을 견디며 살았다. 그리고 후세는 그 전통과 품위를 존중하며 살았다.

단추가 비록 생활 속에서는 단순한 문명의 도구이기는 하지만, 시대의 흐름에서 보면 계율과 품위를 지켜 주는 인류문화에 협조자였음은 분명한 사실인 것 같다.

2.

부암동 살구나무집

지난봄 아들집에 들렀더니 병아리를 키우고 있었다. 손녀가 학교 앞에서 노랑 병아리 세 마리와 검정 메추리 새끼 두 마리를 사왔다고 한다. 온 식구가 이층 베란다에 라면 박스로 집을 만드느라 정신이 없었다. 동네를 뒤지고 다니며 고추잎을 뜯어온다, 좁쌀을 사온다, 난리가 났다.

'봄이면 누구나 한 번쯤 해 보는 짓, 며칠만 지나봐라, 하나둘 죽어 나갈 것을.'

나는 속으로 콧방귀를 뀌었다.

그런데 그 애들은 병아리를 곧잘 키웠다. 떠돌이 고양이에게 먹이 챙겨주고, 주인 없는 강아지 상처 나면 병원으로 달려가던 버릇 때문인지 병아리 키우는 건 일도 아닌 것 같았다.

한참 만에 부암동에 다시 들렀다. 그동안 부쩍 자란 병아리들이 사춘기 머슴애 턱수염처럼 정수리에 붉은 벼슬이 뾰족이 나와 있었다. 메추리들은 박스 모서리를 타고 날갯짓을 하며 날기 연습을 하느라 몸부림을 쳤다. 그러잖아도 동네 고양이들이 호시탐탐 눈독을 들이며 이층 계단에 진을 치고 앉아 있는데, 그것들의 장난기가 무척 위험스러워 보였다. 결국 식구들은 고민 끝에 날아다니는 메추리들을 단속할 수가 없어서 산에 가 풀어 주었다고 한다.

어느 틈에 중닭이 된 그것들을 가끔 앞마당에서 운동시킬 때면 고양이를 지키느라 식구들이 외출도 못했다. 닭은 다른 동물처럼 맡길 데도 없고 잡아먹지 않고 키울 사람을 찾는 것도 어려운 일이란다. 게다가 파는 병아리 대부분이 수컷이어서 시도 때도 없이 울어대는 바람에 동네사람들에게 민망스럽기까지 하단다. 복날이 다가오던 어느 날 식구들이 우스갯말을 주고받았다.

"삼계탕 끓이기 딱 알맞게 컸네."

이 말을 들은 손녀가 큰 소리로 우는 바람에 달래느라 온 식구가 혼이 났다. 아무래도 죽을 때까지 같이 살 방법밖에는 별 수가 없을 것 같아 인터넷으로 닭의 수명을 찾아본 아들이 몹시 난감한 표정을 지었다. 자그마치 삼십 년이나 된다는 것이었다.

아무리 잘 지킨들 음흉스런 고양이를 누가 당할까. 그중에도 제일 걱정스러운 건 '짝귀'란 놈이었다. 오래전부터 이 집 저 집 어슬렁거리며 맘대로 드나드는 짝귀는 어쩌다 생긴 상처인지 한쪽 귀가 찌그러지고 덩치는 한두 살 어린애만큼 컸다. 그 큰 덩치로 늘 이층 베란다에 비스듬히 앉아 우리가 올라가도 도망갈 생각은커녕 능청스럽게 빤히 쳐다만 보았다. 그리고 게슴츠레한 시선으로 닭을 쳐다보며 입맛을 다시곤 했다.

며칠 전 숨이 넘어가는 소리로 며느리에게서 전화가 왔다. 고양이 두 마리가 순식간에 눈앞에서 닭 한 마리씩 물고 도망쳤다는 것이다.

"짝귀 놈 짓이구나?"

"아니, 점박이 형제가요."

도망가는 고양이를 쫓아 동네를 두 바퀴나 추격하다가

한 마리는 놓치고, 다른 한 마리는 붙잡아 물고 늘어지는 입을 벌리고 닭을 빼앗아 왔다는 것이다.

"그래서 죽었어?"

"아뇨, 치료해서 붕대로 묶어 놨더니 통닭같이 누워 있어요."

거친 숨을 몰아쉬며 며느리가 허탈하게 웃었다. '장하다, 우리 며느리!' 속으로 격려를 했지만 그 광경을 상상하니 웃음이 절로 나왔다. 그래도 며느리 생각에 나오는 웃음을 꾹 참았다.

얼마 뒤 휴대전화로 사진이 날아왔다. 축하해 달라는 며느리의 메모가 붙어 있었다. 넓고 근사한 흰색 철장으로 만든 새 닭장, 가로지른 횟대 위에 붉은 벼슬로 멋지게 수탉 체모를 차린 닭 두 마리가 위풍당당하게 앉아 있었다. 새 집을 장만한다는 것은 이 세상 누구에게나 축복받을 일이다. 진작 사주었더라면 세 식구였을 것을. 하지만 아직도 아들네는 남은 두 마리와 어떻게 겨울을 나야 할지 궁리하느라 의견이 분분하다.

작년에 오래 살던 주택을 정리하고 아파트로 이사했다. 그때 막내아들네는 근처 부암동에 남아 살고 싶어

했다. 젊은 애들이라 당연히 아파트를 선호할 줄 알았는데 의외였다. 그 무렵, 대문을 열면 가지가 휘어지도록 노란 살구가 열려 있는 집을 소개받았다. 마당을 살구나무가 다 차지하고 있어 비좁아 보였지만 땅을 떠나기 섭섭했던 나는 그래도 아들 곁에 땅 한 자락 맡겨 놓은 것 같아 마음이 든든했다.

같은 크기인데도 아파트와 주택은 씀씀이가 달랐다. 아파트는 소견머리 좁은 사람처럼 웬만한 짐을 모두 거절해 나를 곤혹스럽게 했다. 하지만 부암동 집은 체구는 작아도 품 넓은 사람처럼 인정스럽게 내 살림을 받아 주었다. 덕분에 버리기 아까워 안절부절못하던 항아리와 돌절구를 아들 눈치 보며 지하실과 부엌 뒤꼍에 끼워 넣었다. 짐으로 꽉 차 비좁아진 집을 보니 미안하긴 했지만 마음은 푸근했다.

아래층 살구나무 밑에는 꽃 심을 작은 터가 있다. 화분을 층층이 앉혀 놓은 바깥계단으로 이층에 올라가면 인왕산 북한산이 보이는 야외 베란다가 있고, 거기에는 아들이 음식을 즐겨 만드는 조그만 바비큐 코너가 있다. 취미가 같은 제 아빠에게 물려받은 요리기구들로 멋진 조리대도 만들었다.

우리는 가끔 그곳에서 맛있는 음식을 얻어먹는다. 집에서 식사 대접하는 게 쉽지 않을 텐데도 심어 놓은 허브로 즉석 샐러드를 만들어 주거나 어떤 땐 괜찮은 스프도 끓여 준다. 고기 사오면 삯 안 받고 맛있게 구워 준다고 너스레를 떨기도 한다. 그렇게 살갑게 지인들을 불러들여선지 그 집은 늘 사람으로 시끌벅적하다.

골목에서 두 번째 집에 사는 초등학교 삼학년 손녀는 두어 달에 한 번 '벼룩시장'을 연다. 대문을 활짝 열고 좌판 위에 물건들을 차려놓는다. 동생이 없는 그 애는 필요없거나 남에게 양보하고 싶은 인형이나 학용품, 머리핀 같은 것들을 내놓고 판다. 가끔은 나무판에 그림을 그려 예쁜 냄비받침을 만들어 팔기도 한다. 가격은 오백 원에서 천 원 좀 넘는다나.

나도 가끔 집에서 쓰지 않는 새 물건을 내어 준다. 이제는 제법 소문이 나면서 단골손님이 생겨 이익금도 나온다고 한다. 저번에는 이만팔천 원을 벌어 만 원은 불우이웃돕기로 주민센터에 가져다주고, 나머지는 닭 모이도 사고 저축도 했단다.

요즘 그 집에 가면 부러운 게 많다. 작은 마당으로 쏟아지는 맑은 햇살과 공기, 정직한 자연의 몸짓들, 그리고 사람 사는 냄새가 그렇다. 땅과 하늘, 바람과 비, 그리고 햇빛, 나도 그것들과 평생을 함께 살았는데, 요즘엔 새삼스럽게 그 집에만 특별한 행복이 있는 것 같아 부럽기만 하다. 재물이 그만큼 부럽고 보석이 그렇게 갖고 싶을까 싶다.

이사할 때 아파트로 가져온 으아리가 꽃을 피우지 못하고 시름시름 죽어 갔다. 살려 보려고 무던히 애를 썼지만 백약이 무효였다. 할 수 없이 부암동 집 마당 한구석에 슬며시 버리듯 놓고 왔다. 그런 얼마 후에 가 보니 죽었으려니 했던 그것이 길게 뻗은 줄기 끝에서 보라색 꽃을 활짝 피우고 있었다. 그 작은 터에서 생명의 경이가 일어나고 있었다.

가을 들어 살구나무는 그 많던 살구와 잎사귀들을 모두 떨구어 내고 빈 몸을 추스르고 있다. 늙은 '짝귀'도 요즘 들어 부쩍 마당 한구석에 덩그마니 앉아 있는 시간이 늘어간다. 하루 종일 조는 듯 비스듬히 살구나무에 기대앉아 느슨한 눈빛으로 부암동 집 풍경을 음미한다.

이제는 무엇을 훔칠 궁리도 누구를 해칠 생각도 하지 않는 것 같다. 여유롭고 헛헛한 표정으로, 용맹스럽던 지난 날들을 회상하듯 눈빛이 애잔하기만 하다. 어쩌면 모든 것들에게 다사로운 온기를 나누어 주고 이제 막 떠나려는 가을 햇살을 따라가고 싶어 하는 것 같기도 하다.

부암동 살구나무집. 그러니까 그곳은 모든 것들의 안식처인 것이다.

추억의 좌석번호 A28

칠월 장맛비가 자동차 앞 유리로 무섭게 들이쳤다. 와이퍼가 두 팔을 휘두르며 죽을힘을 다해서 닦아내는데도 한치 앞을 내다볼 수가 없었다. 거센 비바람에 차가 흔들렸지만 나는 오로지 비행기표 구할 생각에 마음을 졸이고 있었다. 벌써 사흘째다. 누군가 예약을 취소하지 않을까 막연한 기대로 위험한 빗길을 오가고 있었다.

하지만 성수기에 동남아 쪽 비행기표는 좀처럼 구할 수가 없었다. 예정대로라면 팔월 초, 딸의 출산에 맞춰 예약한 표로 칠월 말 출국하도록 되어 있었다. 헌데 출산 예정이 갑자기 보름이나 앞당겨지는 바람에 당혹스러운 상황이 벌어진 것이었다.

결국 아는 분을 통해 어렵게 표를 구했다. 사흘 동안이나 끌고 다니던 산모용품으로 가득 찬 가방을 부치고 나니 그제야 혼자 감당했을 딸의 첫 출산이 안쓰러워 마음이 조급해졌다. 싱가포르 창이 공항까지는 여섯 시간 가까이 가야 했다. 나는 비행기 입구에 있는 신문 몇 가지를 챙겨들고 급히 자리를 찾아갔다.

내 좌석 A28은 중간 왼쪽 맨 앞줄 창가였다. 비즈니스석 바로 뒤편에 있어 앞 공간이 넓어 드나들기도 쉽고 다리 펴기도 편했다. 옆자리엔 벌써 남자 승객이 앉아 있었다. 나는 그분에게 방해되지 않도록 대충 짐 정리를 하고 신문을 작게 접어 읽기 시작했다. 며칠 동안 소란스러웠던 일들로부터 서서히 벗어나며 마음이 평온해져 왔다. 원래 나는 신문을 꼼꼼히 읽는 편이어서 한번 신문에 빠지면 몇 시간이라도 무료하지 않아 특히 비행기 탈 때는 이 습관이 아주 유용했다.

"K여고 나오셨나요?"

신문에 한참 골몰해 있던 나에게 옆자리 남자분이 갑자기 말을 걸어왔다. "웬 K여고?" 나는 대답 대신 머리를 가로저으며 신문에서 눈을 떼지 않았다. 그랬더니 이번에는 읽고 있는 신문을 잡아당겼다. 나는 본인이 신문을 읽으려는 줄 알고 말없이 다른 신문을 집어 주었다. 그랬더니 나를 빤히 쳐다보며 그가 말했다.

"그렇게 신문을 오래 읽으면 비행기가 싱가포르에 도착하겠네요."

푸념 섞인 말로 투덜거렸다. 그제야 나는 그분을 자세히 쳐다보았다. 청색 와이셔츠에 느슨하게 풀어헤친 넥타이, 인상 좋게 기른 덥수룩한 수염, 터프한 오십 대 후반쯤의 노련한 비즈니스맨 같아 보였다.

"아니, 무슨 신문을 그렇게 열심히 보십니까?"

눈을 맞추자 투정하듯 시작한 그의 말투는 처음 만난 사람처럼 낯설지가 않았다. 내가 신문을 읽는 동안 어떻게 참았는지 그가 이런저런 말을 계속 건네서 다시 신문 읽을 기회를 주지 않았다. 기내식이 나왔을 때는 푸딩을 좋아한다며 내 식판의 것을 가져가고, 내가 비운 야채 그릇에 자기 방울토마토 두 알을 놓아 주었다. 그렇게 스스럼없이 시작한 그와의 이야기가 거침없이 흘러가다가 어느 시점에서 신기한 접점을 만나게 되었다.

그와 내가 삼십여 년 전 같은 공간, 비슷한 시간과 환경 속에서 살았다는 사실을 알게 되었다. 그가 청소년기에 살았던 팔판동은 내가 살던 삼청동 바로 아랫동네였고, 그가 그 근처의 고등학교에 다닐 때 나도 그곳에서 가까운 학교를 다녔다. 성인이 된 후에도 그와 나는 아주 가까운 거리에 있는 직장을 다녔다. 그때 상공부와 경제기획원은 같은 광화문에 있었다. 업무상으로도 긴밀했던 경제부처여서 그가 관계했던 일과 거기에 관련된 대부분의 사람들을 나도 잘 알고 있었다.

대화가 이어질수록 그와 나는 오래전부터 알고 지내던 사람처럼 친밀감이 더해 갔다. 갑자기 몇십 년 흘러간 세월이 흔적도 없이 사라지고 시간 머리를 과거로 돌린 마차를 타고 기억의 뒤안길을 거꾸로 달려가는 것 같았다.

더구나 그는 고등학교 때 승마선수였다고 했다. 그래서 여름날 저녁이면 가까운 삼청공원으로 말을 몰고 가서 승마 연습을 자주 했다고 한다.

아! 삼청공원, 갑자기 머릿속에 환한 무지개가 떴다. 나도 그 여름날 저녁에 별이 총총한 하늘을 머리에 이고 이슬에 젖은 풀섶을 따라 삼청공원에 산책을 가곤 했다. 지금은 정독도서관이 되었지만 그때는 경기고등학교 후문 뒤쪽으로 쭉 가면 삼청공원으로 들어가는 후미진 길이 있었다. 그런 여름날 삼청공원에 들어서면 소나무 숲 사이에서 '또그닥 또그닥' 경쾌한 말발굽 소리가 들렸다. 달빛에 비친 젊은 남자의 말 탄 옆모습의 실루엣, 강렬하고 꿈결 같던 정경이 아직도 눈에 선하게 보이는 듯했다. 그러면 그때 그 말발굽 소리 주인공이 이 사람이었나?

나는 꿈속에서 본 사람을 확인하듯 그를 다시 자세히 쳐다보았다. 달빛은 아니었지만 희미한 비행기 실내등 밑에서 삼십여 년의 세월이 흘러간 그의 옛 모습을 찾아내기란 쉬운 일이 아니었다. 그도 잊었던 젊은 날을 기억해 내는지 감회에 젖은 눈으로 깊은 생각에 잠겨 있었다.

"바쁘게 살다 보니 수십 년이 지나도록 서울에 있는 삼청공원엘 한 번도 못 가 봤네요. 이번에 돌아가면 꼭 그곳에 가 보고 싶군요. 동행해 줄 수 있겠어요?"

그가 내게 조심스럽게 물었다.

두 사람 이야기는 아직도 먼 과거 속에서 헤어나지

못하고 있는데 기내방송이 울렸다. 곧 싱가포르 창이 공항에 도착한다는 거였다. 그는 혼잣말처럼 중얼거렸다.

"이 비행기가 미국 가는 비행기였으면 좋았을 텐데…."

아쉬운 표정으로 나를 쳐다보았다. 나도 그의 아쉬움에 공감했다. 그러나 어수선한 분위기에서 짐을 챙기면서 누구도 연락처를 묻지는 않았다.

짐을 끌고 기내 밖으로 나오니 지금까지 그와 나누었던 이야기들이 수많은 사람과 함께 썰물처럼 쓸려가고 낯선 풍경이 밀물처럼 밀려왔다.

뒤로 미루었던 딸 걱정이 생각났다. 서둘러 에스컬레이터에 올랐다. 잠시 보이지 않던 그가 통로 옆 잡지 진열대에서 책을 만지고 있다가 내게로 다가왔다. 그러고는 말없이 무거운 내 짐을 끌어 주었다.

공항 밖으로 나오니 마중 나온다던 사위가 보이지 않았다. 그에게는 벌써 함께 갈 지인들이 와 있는 듯 눈인사를 했다. 한참을 그렇게 내 옆에 말없이 서 있던 그가 가만히 내 앞으로 다가섰다. 그리고 가만히 손을 내밀었다. 짧은 시간이나마 따뜻한 인연에 감사하며 나도 공손히 그의 손을 마주 잡았다.

그가 일행과 떠난 후 곧 사위가 왔다. 나도 공항을 빠져나왔다. 공항 밖 하늘에는 한 편의 영화가 끝났을 때처럼 엔딩 크레딧이 천천히 올라가고 있었다. 거기엔 비행기 속에서 나누었던 젊은 날의 긴 이야기가 세월처럼 넘어가고 있었다.

　나는 사랑하는 딸과 새로 태어난 아기가 주연인 행복한 영화 촬영이 기다리는 딸네 집으로 가로수 꽃길을 미끄러지듯 달려갔다.

　그 후에도 가끔 나는 동남아나 싱가포르를 갈 때마다 좌석번호 A28번 쪽을 쳐다본다. 이제는 오래된 이야기지만 거기에서는 아직도 내 젊은 날 추억의 공연이 연출되고 있는 것 같기 때문이다.

관음죽 구하기

사람들은 실내에서 키우는 식물로 관음죽을 선호한다. 장소와 조건을 가리지 않고 잘 자라기도 하지만, 웬만한 곳에서 풍성한 초록 분위기를 내주는 것이 그만한 게 없기 때문이다. 그래선지 사무실 복도나 아파트 베란다에서 관음죽을 흔히 보게 된다.

그런데 왠지 그들 표정이 그리 밝지만은 않다. 어떤 것들은 컴컴한 구석에 먼지를 뒤집어쓰고 죽은 듯이 서 있는가 하면, 화분 안에는 휴지나 담배꽁초가 수북이 쌓여 있기도 해서 안타까울 때가 많다.

삼십여 년 전인가, 친지가 집들이 선물로 관음죽 화분을 들고 왔다. 그때 이미 십일 년쯤 되었다는 관음죽은 키가 일 미터가 넘고 가지와 잎이 무성했다. 거실 동남쪽에 자리를 잡아 주었더니 집안이 한결 시원해 보여서 식구들이 흡족해했다.

관음죽은 우리 집에 금방 정을 붙였다. 새로 피어나는 잎들은 반들거리며 윤이 나서 사람들이 참기름을 발랐느냐 물을 정도였다. 마시고 난 우유팩을 씻어 주거나 가끔 쌀뜨물을 묵혔다가 주는 게 전부였는데, 이파리 끝 하나 마르는 법이 없었다.

가끔 집을 비울 때면 나는 관음죽이 걱정되어 식구들에게 물 주는 법을 알려 주기도 했다. 그런데 와서 보면 잎들이 제각기 다른 방향으로 뒤틀려 화가 나 있는 모습을 보고 물도 정성스럽게 마음을 써서 주어야 한다는 생각이 들었다.

잘 자란 관음죽은 어느새 우리 집 상징이 되었다. 친지들은 오랜만에 만나면 관음죽 안부부터 물었다. 뾰족하게 새로 나오는 가지들은 비 온 뒤 죽순처럼 곧게 올라와 잎을 부챗살처럼 넓게 폈다. 키가 천장에 거의 닿을 만큼 자랐다.

이십여 년을 키웠다. 그러던 어느 날, 진초록 잎 사이로 주황색 옥수수 수술 같은 것이 보였다.

"어! 넌 뭐니?"

생김이 꽃 같진 않은 그것이 좀처럼 피우기 어렵다는 관음죽 꽃이었다. 잎만으로도 충분히 우리를 즐겁게 해 주었는데 꽃까지 피워 주다니, 고맙고 신기했다. 나는 꽃을 사진에 담아 안부를 묻는 친구들에게 보내 주었다.

날로 커져 가는 몸집을 감당할 길이 없었다. 삼십 년 넘어서는 천장이 제일 높은 바깥식당으로 옮길 수밖에 없었다. 우리 집에서 관음죽이 갈 수 있는 마지막 장소였다. 서향이어서 지는 햇볕은 따가웠지만 통풍이 잘 되지 않는 게 걱정이었다. 더구나 장마 때마다 식구들이 바닥에 담요를 깔고 밖으로 끌어내어 비를 실컷 맞게 해 주던 '장마 샤워'도 할 수가 없었다.

그런데도 해마다 꽃을 피우고 새순도 키워 내며 건강하게 자랐다. 사람들은 분갈이를 해서 가지를 솎아 주라고 했다. 그러다가 나중에 포클레인으로 끌어낼 거냐고 걱정까지 했다.

정작 그때가 왔다. 우리는 사십여 년 살던 그 집에서 이사를 하게 되었다. 제일 큰 걱정은 관음죽이었다. 새

집에는 그렇게 큰 덩치가 들어갈 공간이 없었다. 정원사는 관엽식물을 전문으로 취급하는 사람을 찾아보라며 발을 뺐다. 구파발, 일영, 벽제로 관음죽 종류를 많이 키우는 식물원을 찾아다녔다. 겨우 찾아낸 사람들도 일거리가 신통치 않은지 거절했다. 나는 잘 자라서 꽃까지 피운 관음죽 사진을 보여 주며 사정했다. 결국 반나절이면 될 일을 하루 품삯을 다 주기로 하고도 두 사람을 불러 준다는 조건으로 겨우 허락을 받았다. 그들에게 또 거절을 당하면 내 '관음죽 구하기'는 어려울 것 같아 허락받은 것만도 감지덕지였다.

작업하던 날, 인부 두 사람이 꿈쩍도 않던 관음죽을 넓은 담요 위에 옮기더니 커다란 짐승처럼 쓰러뜨렸다. 그리고 담요 두 귀퉁이를 마주 잡고 바깥마당으로 끌고 나갔다. 그들에게 몸을 맡기고 끌려 나가는 관음죽은 마치 위세당당했던 독재자의 최후처럼 처참해 보였다. 수십 년 꼿꼿이 서서 천장 높은 줄 모르고 하늘을 향하던 자존심이 뭉개졌다.

인부들은 내가 애지중지 키우던 관음죽을 사정없이 해체했다. 그리고 가운데 큰 가지 열 개 정도는 뿌리에서 떼어 버릴 수밖에 없다면서 내게 동의를 구했다. 가운데 가지를 잘라내면 어차피 전부 죽어 버린다고 했다. 안쓰러웠지만 우길 수가 없었다. 바깥마당에서 관음죽 가지가 해체되어 인부들 쓰레기차에 실려 가는 걸 차마 볼 수가 없었다.

나는 화분을 정리해 가장자리 키 작은 새끼가지를 모아 화분 세 개를 만들어 달라고 부탁했다. 어미는 죽었지만 새끼 관음죽을 살리고 싶었다. 세 개의 화분은 나와 두 아들, 셋이 나누어 갖기로 했다.

아직 고개도 가누지 못하고 자꾸만 쓰러지는 어린것들을 비닐로 덮어씌워 인큐베이터를 만들었다. 한 보름 동안 애기처럼 보살폈더니 겨우 고개를 가누었다. 홀로서기가 되었을 때 그것들을 아이들에게 하나씩 분양했다. 자꾸 커가는 것에 겁이 났던지, 아니면 잘못 키웠다고 잔소리를 들을까 싶었던지, 아이들은 서로 작은 것을 가져가겠다고 했다. 할 수 없이 제일 큰 것은 내 차지가 되었다.

요즘 우리는 만날 때마다 관음죽에 대한 이야기를 한다. 나름대로 열심히 보살피는데도 잎이 갈색으로 갈라

진다고 걱정이다. 그러면 나는 아이들에게 말한다.

"안 죽을 만큼 키워서는 안 돼. 거기에 정을 더 얹어 주어야지."

"엄마는 얘들 뭐 줘요? 왜 이렇게 잘 크지? 이 애가 큰 형인가 봐."

아이들이 집에 오면 잘 크고 있는 내 관음죽에 대해 묻는 게 많다. 하지만 나는 그게 걱정이다. 벌써 아파트 거실 천장 높이가 얼마 남지 않았다. 너무 빨리 자라면 제 어미만큼 키워 줄 내 세월이 모자란다. 그런데 우리 집 관음죽 새끼들은 그걸 모르는가 보다. 나날이 쑥쑥 자라기만 한다.

내게 애인이 생겼어요

망루 같은 고층 아파트에서 산다. 오랫동안 흙을 밟고 살았던 터라 여기 오니 영락없이 마른 줄기에 매달린 수세미 신세가 된 듯하다. 줄기가 메말라 열매는 비실거리고 어지럼증이 일어난다. 어떤 때는 가까운 것과 먼 것, 큰 것과 작은 것이 엇바뀌어 세상이 요지경 속같이 일렁거린다.

아파트로 이사 오니 좋은 게 있기는 하다. 잔디밭 잡초와의 전쟁을 끝낸 것과, 한번 물리면 손바닥만큼 부푸는 모기와 헤어진 것이다. 하지만 빗줄기와 햇살이 그리워 핏기 잃은 화분을 보면서 자연과 이별한 설움을 앓고 있는 건 나만이 아닌 듯하다. 어떤 땐 잡초라도 싱싱하게

자라주었으면 싶고, 높아서 못 올라오는 모기라도 날아
와 주었으면 반가울 것 같은 생각이 들기도 한다.

그런 어느 오월 저녁, 창밖 아래쪽에서 꿈결인 듯 반가
운 소리가 들렸다. 귀를 의심했다. 유리창에 이마를 바
짝 붙이고 소리가 들릴 만한 습지랑 풀밭을 훑어보았지
만 내려다보이는 건 공사하다 버린 녹슨 철근만 높이 쌓
여 있을 뿐이었다.

그러나 분명 개구리 울음소리였다. 같이 울어 줄 짝을
찾는 듯 한 번 울고 한참씩 응답을 기다리다 다시 또 울
었다. 애절하기도 하고 조심스럽기도 했다. 첫날에는 소
리 죽여 혼자 울더니 다음 날부터는 하나둘 짝이 나타나
기 시작했다.

놈들의 수작은 빠르기도 했다. 그 수가 늘어나면서 그
들 울음은 이중창이 되고 사중창이 되면서 다시 합창이
되었다. 그 노래는 하루 이틀 지날수록 더 멋지게 하모니
를 이루었다. 그리고 주변 빌딩의 불빛에 반사되어 흐르
는 강물을 타고 멜로디가 되어 흘러갔다.

어둠이 엷게 커튼을 치면 합창단원들은 어김없이 내
창가에 모여 사랑의 세레나데를 부르기 시작했다. 초저

녁에는 중창으로 시작했다가 밤이 깊어지면 코러스로 이어졌다. 음악회는 밤늦도록 끝날 줄을 몰랐다. 깊은 밤 더욱 또렷하게 반짝이는 별처럼 늦은 밤, 그들의 노래는 더욱 황홀했다. 나는 매일 밤 개구리 왕자의 초청을 받고 음악회에 참석한 공주처럼 우리 집 십팔 층 특별석에 앉아 감미로운 음악회를 즐긴다.

유월 들어 칠월을 거치면서 '건장마'가 찾아왔다. 따가운 햇살이 땅속까지 삶아 낼 기세로 내리쬐었다. 메마른 공사 터인 그들 거처가 몹시 걱정되었다. 그런 나를 안심시키듯 한두 놈이 서늘한 밤이면 살아 있다는 신호를 보내 주었다. 하지만 그 뒤에도 비는 계속 오지 않았고, 울음소리도 점점 잦아들었다.

그렇게 한 달여가 지나는 동안, 나는 여행을 다녀왔다. 돌아와서 보니 공터는 모두 갈색으로 변해 있었고 밤은 더욱 메마르고 적막했다. 개구리가 살아 있을 거라는 기대는 포기할 수밖에 없는 상황이었다.

며칠 후 요란한 천둥 번개가 치더니 제법 많은 비가 내렸다. 누렇게 변했던 풀들이 다시 초록 카펫으로 바뀌었다. 그때 귀에 익은 정다운 소리가 들렸다.

살아 있었구나! 나에게 돌아와 주었어. 너희들이 나를 위해 음악회를 준비하고 있었구나! 뛸 듯이 기뻤다.

나는 다시 사랑하는 이의 음악회에 초대받은 행복한 여인이 되었다. 그래서 아직 커튼콜이 끝나지 않은 무대를 보며 매일 밤 아름다운 앙코르곡을 기다리고 있는 중이다.

정암재靜庵齋

누구의 서재든 서가에 꽂힌 책을 보면 그 주인의 전공이나 성향이 눈에 들어온다. 그런데 남편의 서재는 좀 다르다. 사람들은 그의 서재에 들어서면 첫 마디가 "학자신가요?" 하고 묻는다.

만여 권의 책이 빼곡히 꽂혀 있는 것을 보고 하는 말이다. 전공이 섬유 계통이긴 하지만 그의 책은 전문성과는 크게 관련이 없다. 마치 그가 세계 구석구석을 돌아다니며 만난 사람들과의 관계처럼 다양한 책들이 쌓여 있다. 전문성은 좀 부족해도 아는 것 많고 심성 깊은 사람한테서 느껴지는 그런 서적이 꽂혀 있다.

그는 어릴 때부터 책에 집착했다. 문학소년이던 고등

학교 시절엔 여름방학만 되면 소설책을 옆에 끼고 낙동강 가에 나가서 발을 담그고 책을 읽다가 해질 무렵에야 집에 돌아오곤 했다. 그러잖아도 아비를 일찍 여읜 손자가 안쓰럽던 할아버지께서 어느 날 그에게 물으셨다.

"너 왜 공부는 안 하고 매일 소설책만 끼고 있는 게냐?"

할아버지의 질책에 갑자기 핑계 댈 것이 없던 그는 그만 엉뚱한 대답을 하고 말았단다.

"공부할 책이 없어서 그렇습니다."

묵묵히 들으시던 할아버지께서 다시 물으셨다.

"책을 사 주면 공부를 하겠느냐?"

"예, 그러면 열심히 공부하겠습니다."

그는 할아버지께 다짐을 드렸다. 그리고 난 얼마 후 할아버지께서는 정말 논 세 마지기를 팔아 그에게 책 살 돈을 주셨다. 그리고 서울에 가서 사고 싶은 책을 모두 사라고 하셨다. 논까지 팔아서 돈을 마련하시리라고는 생각지도 못했던 그는 마음속으로 크게 자책을 했다.

하지만 이왕 만들어 주신 돈이니 평소에 사고 싶었던 책이나 실컷 사서 할아버지의 뜻을 따르겠다는 마음으로 서울 친척집으로 올라왔다. 그리고 매일 청계천, 을지로,

황학동의 헌책방을 찾아다니며 책을 사 모았다. 그때의 버릇은 그가 평생 헌책방을 뒤지고 다니는 습관이 되어 버렸다.

그 당시 전시 후에는 많은 책들이 쏟아져 나왔다. 일본 어로 된 전문서적, 문학전집, 교양서적, 백과사전 등 헌책, 새 책 구분 없이 평소에 사고 싶었던 책들이 책방마다 쌓여 있었다. 그는 실컷 사 모은 책뭉치가 너무 커서 부산으로 내려갈 때는 기차 화물칸에 싣고 내려왔단다. 후에 그 책들은 그의 인품이나 다양한 지식을 쌓아 가는 데 중요한 밑거름이 되었고, 그가 애지중지하는 만여 권 장서의 밑바탕이 되기도 했다.

70년대 말 북한산 밑에 집을 지을 때 정원이 보이는 남향 넓은 공간에다 서재를 꾸몄다. 그의 머릿속에 이미 그려져 있었던 듯 서가를 책 높이에 맞게 디자인해서 규격을 맞추었다. 처음에는 목수의 힘을 빌렸지만 자꾸 늘어나는 책을 틈틈이 끼워 넣기 위해서는 손수 작은 책장을 만들 수밖에 없었다. 창문을 막아 칸을 만들고 음악을 듣던 앰프나 스피커도 하나둘 다른 곳으로 옮겨 갔다.

서재를 만든 후에도 여전히 일주일에 한 번은 인사동,

청계천으로 헌책을 사러 다녔다. 그건 그의 취미이기도 했고 습관이기도 했다. 그때 아버지를 모시고 헌책을 사러 청계천에 갔던 아들은 지금도 그 기억을 이야기한다. 차를 세우지 못하는 골목길에 내리시고는 몇 시간이 되어도 안 오시는 아버지를 기다리느라 혼이 났었다고.

새로 사온 책들은 반드시 바로 정리했다. 전문서적은 분야별 또는 시대별로 구분했고, 사전과 연감같이 두꺼운 책이나 미술, 서예, 디자인, 사진작품집은 서가 밑에 세웠다. 특히 그는 역사책에 관심이 많아 나라나 시대별로 다양하게 구비해 놓았다.

정암靜庵은 그의 호다. 그래서 〈정암장서록〉이라는 문서록을 작성하고 스탬프도 만들어 도서목록과 각 책에 같은 번호를 붙여 책을 쉽게 찾을 수 있게 했다.

그는 가치 있다고 생각되는 책이면 반드시 구입했다. 인연 있는 분들의 학위논문, 기념문집도 소중히 간직했다. 일찍부터 사 두었던 책 중에는 희귀본이나 초판본, 절판된 것도 있어 값어치가 있는 책들도 있지만 한 번도 책으로 경제적 가치를 말하지는 않았다. 그는 어떤 책이 어디에 있는지 잘 알고 있었다. 가끔 내가 보고 싶은 책을 찾으면 다락 속까지 들어가 찾아다 주었다.

"어때, 굉장하지?"

득의만면하던 표정. 그는 마냥 행복해 보였다.

물론 서재에 관한 한 모든 것은 그만의 일이었다. 시간이 오래 걸려도 그건 자기만의 유일한 권한으로 생각하는지 아이들에게도 나에게도 도움을 청하지 않았다. 휴일이나 주말에 아침 일찍 서재로 내려가면 간간이 "커피!" "녹차!" 하고 크게 소리칠 뿐이었다.

그는 시간이 있으면 늘 서재에 있었다. 작품을 쓰는 작가도 아니고 강의를 준비하는 교수도 아닌데 서재에서 책을 만지면서 무언가 하는 것을 좋아했다. 그는 여러 책에서 자기가 필요한 정보와 지식을 섭렵하고 그것을 살아가는 데 소중한 지표로 삼는 것 같았다.

그는 누구보다 지적 호기심이 많았고 지식을 탐닉했다. 사람들과 대화할 때도 세간의 일들에 지나치게 앞서가면서 비전을 내보이고 예견을 해서 가족이나 주변 사람들에게 지적을 받곤 했다. 하지만 그 일이 정작 현실로 다가왔을 때는 모두 그의 예지에 탄복했다.

90년대 초, 그는 앞으로 이십 년 후에는 중국이 반드시 세계 제일의 경제대국이 될 거라고 강력히 주장했다. 그 때는 아직도 우리나라가 중국과 국교정상화도 되지 않은 상황이었고 '죽의 장막'이라는 이념에 갇혀 있어 중국이 그렇게 되리라고는 누구도 생각지 않았다.

모두가 말릴 때 그는 신념을 굽히지 않고 공장을 중국으로 옮기기도 했다. 부지런함이 게으름만 못하다는 말처럼 그는 너무 빠른 결정에 고생을 많이 했다. 그래도 섬유업계의 선구자 역할을 했다고 늘 자부하면서 열심히 중국을 드나들었다. 이런 와중에서도 그는 포기하지 않고 끊임없이 서재에 대한 애착을 보였다.

그의 큰 연례행사는 책을 거풍하는 일이었다. 늦여름 햇볕 좋은 날 서재 앞 정원에 자리를 깔고 습기 찬 책들을 넓게 펼쳐 놓았다. 책갈피도 좌우로 뒤적여 묵은 냄새를 날려 보냈다. 살림 잘 하는 주부가 가을 고추를 말리듯이 그는 하루 종일 책 옆에 앉아 알뜰하게 손질했다. 어쩌다 곰팡이가 지워지지 않는 책은 알코올로 닦아내고 흠집이 생긴 것은 고무로 지웠다.

여름날 석양 무렵 거풍이 끝나면 그는 책을 다시 서가에 꽂았다. 그럴 땐 늘 책을 마주 잡고 부딪쳐 먼지를 털어냈다. 탁탁 치는 소리가 메아리 되어 집안까지 울렸다. 마지막으로 책에 남아 있는 곰팡이 냄새를 없애려고 오데코롱이나 안 쓰던 화장수를 분무기에 넣어 책에 뿌리기도 했다. 그 향기가 위층에 있는 나에게까지 퍼져 오면 나는 그의 거풍 작업이 끝나고 있음을 알아차렸다. 그때 그의 표정은 석양에 물들어 마치 하루 종일 애인과 함께 있던 사람처럼 발그레 상기되어 있었다.

책에 대한 각별한 그의 애정은 평생 모은 책에 대한 책임도 통감했다. 나이가 들어 책을 건사하지 못하게 되면 이 책들을 어찌해야 할지 마치 자식을 걱정하듯 깊이 고뇌하기도 했다. 언젠가 그가 아이들에게 이렇게 말했다.

"너희들 중 누구라도 박사학위를 먼저 받는 사람에게 이 책을 전부 물려주겠다!"

우리는 아이들이 앞다투어 손을 들 줄 알았다. 그러나 큰 유산이라도 물려주듯 생색내는 아빠에게 애들 반응은 신통치 않았다. 조금 섭섭했지만 더 강조하지는 않았다. 그 애들은 책도 우리와 같이 늙어 가고 있음을 알아차린 것이다.

그는 평생을 모으고 아꼈던 책을 자신처럼 좋아하는

사람들에게 나누어 주기로 마음먹었다. 그러기 위해서는 헌책방을 해야 한다고 구체적인 계획까지 세웠다. 그건 그가 책과 함께하고 싶은 마지막 노후의 꿈이기도 했다.

서점 앞엔 '책을 삽니다!' 라는 간판을 세우겠다고 했다. 책을 판다면서 왜 책을 산다고 하느냐고 물었더니,

"산다고도 해야지 판다고만 하면 사람들이 들어오나?"

그가 속내를 내비쳤다. 그리고 내게 부탁이 하나 있다고 했다. 친구들과 등산 가거나 바둑 두는 날은 대신 책방을 봐달라는 것이었다. 나는 그의 제의가 곧 이루어질 것 같아 마음이 갑자기 행복한 여유로 가득 찼다.

헌책방에서 한적한 노후를 보내며 '헤르만 헤세'를 읽고 있을 내 모습을 상상했다. 그리고 쾌히 승낙했다. 그런데 그는 아직도 헌책방을 열지 못하고 있다.

사려니숲에서 태어나길

아들네가 2주쯤 집을 비운다고 연락이 왔다. 그러면서 '백설이'와 마당에 물 주는 것 중 한 가지만 맡아 달라는 부탁을 했다. 조용히 감성으로 교감하는 식물과, 온몸을 움직이고 소리로 표현하는 동물 중 하나를 선택하라면 나는 당연히 식물 쪽이다.

더구나 나도 집을 비울 땐 애들에게 교대로 집안 화분에 물 주기 당번을 시켰으니 그 품앗이도 해야 했다. 차로 삼사십 분 거리, 일주일에 두 번쯤 가면 될 것 같아 가벼운 마음으로 승낙했다.

그리고 내가 이사 오면서 그 애 집에 주고 온 애틋한 나무와 꽃들, 그중에서도 아파트 환경에 견디지 못하고 시들시들 죽어가 애태우던 으아리가 그 집 마당에서 기적처럼 살아나 꽃을 피웠으니 오랜만에 그것도 보고 싶었다.

백설이에게는 미안했다. 온몸의 털이 눈같이 흰 백설이는 유기견이다. 먼저 입양했던 집에서 혹독한 시달림을 받은 백설이는 애견보호소를 거쳐 아들 집에 오게 되었다. 그래선지 무척 예민했다. 그러나 아들네 식구들의 정성으로 금방 애정결핍증에서 벗어났다. 마침 여행하는 동안 친구네 집에서 보살펴 주겠다는 허락까지 받았다니 다행이었다.

문제는 거기에 있지 않았다. 아이들이 여행을 떠나자마자 예기치 않게 백 년 만의 폭서가 찾아왔다. 일주일에 두 번이면 될 줄 알았던 물 주기는 내 계산 착오였다. 물을 주고 돌아서면 곧바로 꽃과 나무들이 타는 듯한 더위를 감당하지 못하고 축 늘어졌다. 그렇다고 내가 자주 가기도 여의치 않았다.

그래서 한 가지 궁리를 생각해 냈다. 큰 그릇에 물을 가득 채워 작은 화분들을 그 안에 모두 담갔다. 물을 가득 채워 목욕시키듯 물속에 앉혀 놓고 나니 내가 다 시원했다. 그리고 대문을 나서면 마음이 훨씬 가벼웠다. 배고픈 아이에게 젖병을 안겨 준 기분이었다.

일기예보에서 온다는 비는 안 오고 기온은 매일 신기록을 깨며 치달아 올랐다. 그늘에 가만히 있어도 땀이 쏟아지는데 식물들은 이 지독한 땡볕을 어찌 견딜까, 걱정이 태산이었다. 이제 겨우 손바닥 길이만 한 가지 몇 개와 제법 실하게 익어가는 방울토마토, 손가락만 한 고추는 모두 말라비틀어졌겠지. 이럴 줄 알았으면 차라리 백설이를 맡을 걸, 후회가 되기도 했다.

시간대가 맞을 때마다 가족 카톡방으로 여행 중인 아들네와 문자를 주고받았다.

"엄마, 너무 걱정 마세요. 다 죽어도 살구나무만 살면 돼요."

유난히 물을 많이 먹어 평소에도 조금만 목마르면 잎이 늘어진다는 살구나무를 걱정했다. 그렇다고 다른 것들을 못 본 체할 수는 없는 일. 나는 그 지독한 염천에 아들네 집을 열심히 들락거렸다. 주택이 대부분인 그 동네는 주차할 데가 없어 아침 일곱 시쯤은 떠나야 자리가 있었지만 귀찮은 것도 마다하지 않았다. 이런 정성으로

부모님께 아침 문안을 드렸다면 아마 효녀 소리를 듣지 않았을까 하는 생각까지 들었다.

여행에서 돌아온 며느리가 어머님 덕분에 나무와 화초들이 싱싱하게 살아 있다며 고맙다는 인사 전화가 왔다. 나도 고생한 보람이 있어 흐뭇했다.

그러고 난 며칠 후 아들에게서 전화가 왔다.

"그런데 엄마, 으아리가 죽었어요! 물에 오래 담가서 뿌리가 썼었나 봐요."

"아니! 으아리가 죽다니…."

내가 으아리를 처음 본 건 제주도에서도 제일 아름답다는 '사려니숲'에서였다. 빽빽한 소나무 사잇길을 걷다가 작은 나무들이 어우러진 숲에서 여름밤 초가지붕 위의 박꽃같이 함초롬한 그 꽃을 보았다. 그리고 나는 그 깊은 고요에 취해 꽃 앞에서 넋을 잃고 한참을 서 있었다.

집에 돌아오는 길로 화원에서 같은 화분 하나를 사왔다. 하지만 아파트에서는 사려니숲과 같은 환경을 만들어 줄 수는 없었다. 물 주고 창문 열어 바람 쏘이고, 유리창 너머 햇살을 넉넉히 받게 하는 것밖에는. 이슬도 솔

냄새도 소나무 사이로 엇비치는 햇살도 줄 수가 없었다. 결국 아파트에 적응 못하고 죽어가는 가느다란 줄기를 팔에 감고 아들 집 마당가에 살며시 내려놓고 온 것이다.

그런 으아리가 기적같이 그곳에서 다시 살아났다. 두 해를 넘기며 꽃이 필 때마다 며느리는 사진을 찍어 보내주었고, 나는 그 아름다운 모습을 사진만으로 만족할 수밖에 없었다. 멀리 시집 보낸 딸 소식 듣듯이.

으아리가 죽었다는 소식을 들은 지 얼마 안 되어 아들 집에 들렀다.

"저 화분이에요."

묻지도 않았는데 며느리가 이층 계단에 놓여 있는 빈 화분을 가리켰다. 작고 초라한 화분이 아기 영정같이 놓여 있었다. 얼마나 숲이 그리웠을까, 저 작은 화분에서 그리 고운 꽃을 피워 내느라 힘들었겠지. 마음이 아팠다. 으아리는 내게 아픔을 주고 갔다. 살아갈 환경도 만들어 주지 못하면서 무작정 사랑한다고 오래 살라 했으니. 그런저런 아픔으로 미안하기만 한 꽃, 제발 다음 생엔 사려니숲에서 태어나길 빈다.

여기는 '마카오' 니까

마카오에서였다.

원래 노름돈은 부부간에도 빌려주는 게 아니라
는 바람에 마지못해 지갑에서 돈을 꺼냈다. 여행 중에
재미삼아 하는 게임을 노름이랄 것까지는 없지만 내가
워낙 내기나 게임에 소질도 상식도 없다 보니 자꾸만 머
뭇거려졌다. 아이들 앞이라 선뜻 돈을 집어드는 객기를
부리기는 했지만 마음속으로는 여전히 '엄마는 말이야'
하며 꼬리를 빼고 싶었다.

"여기까지 와서 카지노 구경도 안 하고 가면 마카오
여행이 아니지~."

길게 콧소리를 내며 조르는 딸도 그랬지만 그 옆에서

내 의사를 기다리고 서 있는 사위에게 민망했다. 더구나 여행마다 나를 챙겨 주는 착한 사위다.

'그래, 함께 여행도 왔는데 기분도 같이 내보자.'

나는 마음을 다잡고 카지노장을 향해 용감하게 계단을 내려갔다.

긴 나선형 계단을 내려가니 거긴 다른 세상이었다. 축구장 두 배는 되어 보이는 카지노장엔 사람들이 개미 떼처럼 바글거렸다. 후끈 달아오른 욕망과 쾌락의 냄새, 번개같이 사방으로 쏘아대는 현란한 레이저 빔, 자극적인 전자파 소리, 정신이 마비될 것 같았다.

'금 나와라 뚝딱', '은 나와라 뚝딱', 슬롯머신에 정신이 팔려 재빨리 버튼을 두드려대는 사람들이 모두 뿔 달린 도깨비같이 보였다.

어안이 벙벙해 두리번거리는 내게 아이들은 기계 사용하는 요령을 대충 가르쳐 주더니 같이 하면 서로 신경 쓰인다면서 자기들이 좋아하는 코너로 매정하게 가 버렸다.

"엄마, 잘 안 되거든 환전한 것만 잃고 방으로 올라가세요. 너무 부담 갖지 말고 재미있게 즐기시라고요!"

서로 연락하자고 핸드폰을 흔들며 아이들은 사람들

속으로 사라졌다.

'잃고 올라가라고?' 그 와중에도 나는 은근히 자존심이 상했다. 오래전 여행에서 장난삼아 만져 본 기계와는 형식이나 방법이 전혀 달랐다. 난감했다. 한 가지도 익숙한 것이 없는데 그래도 낯익은 호기심 하나가 용감하게 다가왔다. '내게도 혹 잭팟이라는 벼락이 떨어질지도 모르잖아' 하는 당치않은 욕심이 묘한 흥분 속으로 나를 이끌었다. 옆자리엔 중국 사람으로 보이는 뚱뚱한 남자가 기계에 손도 못 대는 나를 흘끔흘끔 쳐다봤다. 도움을 청해 보고 싶었지만 참았다.

머신의 기능은 짝이 맞는 그림끼리 연결되면 점수가 올라가는 단순한 확률 조합이었다. 나는 아이들이 가르쳐 준 대로 우선 횡재의 확률에 초점을 맞추고 빠져나가는 액수는 적게 조작했다. 그리고 조심스럽게 머신의 키를 눌렀다. 엉뚱한 그림이 짝지어 나오면서 돈만 빠져나갔다. 조율의 논리도 모르면서 무조건 누르는데 좋은 확률이 나올 리 없었다.

슬슬 약이 올랐다. 안 돼도 그건 전혀 운 탓이니 흥분하지 말고 침착하라고 아이들에게 몇 번 주의를 들었는데도 멀쩡하게 눈 뜨고 사기를 당하는 것 같아 화가 났다. 코인을 조금씩 집어넣은 것 같은데 야금야금 빠져나간 돈이 어느 틈에 반으로 줄어들었다.

그만할까 하다가 괜히 오기가 생겼다. 몇 번 더 눌러본 것이 잠깐 사이 돈이 거의 바닥나고 말았다. 집 한 채를 날리기라도 한 것처럼 가슴이 뛰기 시작했다. 그런데도 반사적으로 손은 키를 빠르게 두드리고 있었다. 그래, 어디 바닥까지 한번 가 보자. 어디서 왔는지 큼직한 배짱이 고개를 쑥 내밀었다.

그때 갑자기 어디선가 엄청난 사이렌 소리가 울렸다. 놀라서 주위를 두리번거렸다. 그 소리는 내 슬롯머신에서 나고 있었다. 포효하는 여러 마리 흑룡의 코에서 불이 뿜어 나오고 입에서는 황금 코인이 쏟아져 나왔다. 끝도 없이 쏟아지던 코인이 산더미처럼 쌓이더니 곧바로 숫자로 환전되어 내 전표로 옮겨갔다. 운전기에 감기던 전표 액수는 엄청나게 불어났다. 옆자리 중국 남자가 자기 일이라도 되듯 엄지손가락을 치켜세우며 축하해 주었다.

멀리 있던 딸도 내 쪽에서 들리는 심상치 않은 소리에 뛰어왔다. 놀란 눈으로 쳐다보던 딸의 표정에서 약간의 아쉬움이 스쳤다. 내가 크게 터질 것을 예상치 못하고 베팅을 적게 한 탓에 횡재는 그리 크지 않다고 했다. 베팅을 많이 했더라면 거액이 들어올 뻔했다며 모두들 아까워했다. 나도 살짝 서운했지만 그래도 바닥까지 헤매다 시작할 때의 종잣돈이 다섯 배나 불어났으니 더 이상 부러울 게 없었다.

어쨌든 게임은 이겼을 때 끝내는 것이 상책이라던가. 아쉬움을 접고 자리에서 일어났다. 미련은 금물, 그런데 딸이 속삭였다.

"엄마, 오늘 운이 괜찮은 것 같은데요?"

딸의 유혹에 욕심이 살며시 다가왔지만 나는 단호하게 뿌리쳤다. 뽑아든 전표에 적힌 액수를 보니 마음이 흐뭇했다. 나는 호텔 쪽으로 발길을 돌리면서 딸에게 손을 흔들었다. 그리고 헛된 사행심에 초연하는 엄마의 뒷모습이 괜찮아 보이도록 천천히, 될 수 있으면 멋지게 걸었다.

그런데 혼자 돌아가는 길에서 유혹을 떨쳐 버리긴 어려웠다. 양쪽에 즐비하게 늘어선 수백 대의 슬롯머신에서 흑룡의 포효가 결국 나를 어느 기계 앞에 주저앉히고 말았다. 두 번은 쉬웠다. 배짱도 늘었다. 그래서 베팅도 더 크게 했다. 혹시 아까 같은 상황이 또 올지도 모르는 욕심이, 다섯 배나 늘어난 자금의 위력도 큰 힘이 됐다.

자극적인 금속성 환각에 빠진 나는 또다시 흑룡이 용 틀임하며 금화를 뿜어댈 환상에 젖어 키를 두드리고 또 두드렸다. 그러나 들어오는 코인보다 나가는 액수가 훨 씬 많았다. 순식간에 숫자가 줄어들더니 흡입기에 빨려 들어가는 먼지처럼 삽시간에 코인이 쓸려 나갔다.

위기에 몰린 나는 마지막 희망으로 몇 군데 다른 기계 로 옮겨 다니면서 행운이 다시 찾아오길 고대했다. 그러 나 결국 나는 초라한 한 자리 숫자가 찍힌 전표를 들고 서야 의자에서 일어났다. 맞은편 흑인 여자의 빨간 매니 큐어 칠한 손가락 사이에서 담뱃재가 위태롭게 타들어 가고 있었다. 내 마음을 보는 것 같았다.

'네가 그랬잖아, 가져간 것만 잃고 방으로 가라고. 그 러니까 내가 딴 건 애초부터 내 돈이 아니었거든. 난 결 과적으로 잃지 않았다고.'

나는 혼자 방으로 들어가면서 딸에게 건넬 변명을 연 습하고 있었다. 깔끔하게 호텔로 곧장 들어가던 엄마가 다시 기계 앞으로 가서 어렵게 딴 돈을 모두 날리다니….
이 상황을 아이들 앞에서 어떻게 수습할지 궁리가 서지
않았다. 풀이 죽어 호텔로 돌아왔다.

아이들은 늦도록 들어오지 않았다. 얼마쯤 지났을까,
잠결에 그 애들의 나직한 말소리가 들려왔다.

"그것 봐, 내가 그만하자고 했을 때 일어났더라면. 아
니, 그쪽으로 가서 더 하지만 않았어도 됐잖아. 그렇게
말렸는데, 엄마한테 뭐라고 말하지?"

딸이 투덜거렸다. 조용하던 사위가 소곤대듯 말했다.

"그냥 잃지 않았다고 하면 어떨까?"

아! 그렇게 쉬운 방법이 있었구나. 나는 슬며시 웃으며
돌아누웠다.

'그래, 나도 잃지 않았다고 해야지. 그래서 계산하면
탄로 날 노름돈은 서로 빌리는 게 아니었구나.'

그러니 오늘 우리의 일탈은 여기에 조용히 두고 가자.
잃은 것도 모두 즐겁고 얻은 것도 모두 기쁠 게 없는 것
이 여행의 묘미니까. 누구든 가끔은 엉뚱한 실수를 하면
서 아무도 몰래 그것을 놓고 갈 장소가 필요하거든. 더
구나 여기는 '마카오'니까. 나는 금방 다시 잠이 들었다.

포기해서 얻은 기쁨

늘 바라만 보아도 싫지 않은 것을 말하라면 나는 서슴없이 나무를 택할 것이다. 온갖 풍상을 견디는 그 의연함이 나무보다 더한 것이 또 있겠는가 싶어서다.

우리 집에도 여러 종류의 나무가 있다. 정원을 꾸미면서 처음부터 있던 소나무 몇 그루의 자리를 비키고 나니 다른 나무 심을 자리가 마땅치 않았다. 이사할 때 옮겨 온 계수나무와 라일락을 심고, 몇 군데 철쭉과 장미를 심고 나니 자리는 더욱 비좁았다.

거기에다 정원사가 이 동네 동목洞木은 감나무라면서 집집마다 감나무 한 그루씩은 꼭 심어야 한다고 우기고 나섰다. 실제로 아랫동네 이름이 '감나무골'이었다. 식구들도 감이 열리면 얼마나 좋아할까 싶어 작은 감나무 한 그루를 계수나무와 라일락 사이에 무리하게 끼워 심었다.

감나무가 어릴 때는 좁은 대로 옆 나무들과 사이가 좋아 보였다. 그런데 점점 커갈수록 자리다툼을 하는 소리가 내 귀에까지 들리는 듯했다. 사정없이 가지를 뻗쳐대는 계수나무 등쌀에 마음 좋은 감나무는 감히 그쪽으로 가지를 내밀지도 못하고 한쪽 가지는 라일락 쪽으로, 나머지 한쪽 가지는 담장 밖 옹벽 밑으로 휘어졌다.

그런 고생 때문인지 심은 지 칠팔 년이 지나도 감이 열리지 않았다. 답답했던 나는 가끔 감나무 앞에 서서 장난삼아 구시렁댔다.

"너 내년에도 감이 안 열리면 네 자리 빼버릴 거야."

그런데 내 협박에 겁이 났을까, 그 다음해부터 감이 엄청나게 열리기 시작했다. 해거리는 했지만 어느 해는 거의 이백 개가 넘게 열려 무게를 이기지 못한 큰 가지가 찢겨 나가기까지 했다. 나를 더 감동시킨 건 그 감이 단감이라는 거였다. 나무에서 바로 따먹어도 꿀같이 달았다.

다른 나무보다 늦게 잎이 피는 감나무 때문에 처음에는 겨우내 죽지 않았는지 조바심을 했다. 그러나 오월이 되면 하얀 왕관 같은 앙증맞은 꽃이 팝콘처럼 터지면 환호성이 절로 나왔다. 꽃 밑에 납작 붙어 있던 어린 열매가 여름 소나기 모진 바람에 힘없이 떨어질 때는 안타까웠다.

이런 시련을 겪고 나서 가을까지 살아남은 감들은 열릴 때의 반도 되지 않았다. 그때까지도 용감하게 살아남은 감은 따가운 가을 햇살을 실컷 쬐고서야 겨우 안심하고 익어가기 시작했다.

감이 탐스럽게 익을 무렵이면 열매보다 더 아름다운 게 있다. 감잎이다. 누가 그리도 멋진 채색을 했을까? 색상의 조화도 그러려니와 도톰한 잎에 풀어놓은 추상화 같은 무늬는 고귀한 미술품을 보는 듯하여 늘 유리 밑에에 끼워 두고 오래도록 본다. 잎뿐이 아니다. 나무는 목가구 재료로도 귀한 대접을 받는다. 지체 높은 양반댁 사랑방에는 구름무늬 먹감나무 문갑이 차지해야 그 집의 위신이 선다고 한다.

감이 다 익으면 나는 작고 예쁜 대바구니를 준비한다.

누구에게 감을 보낼까, 고마운 이들을 생각해 본다. 올해는 몇 개나 딸 수 있을지 감나무를 내다보며 눈으로 콕콕 찍어 세어 보는 재미가 여간 즐겁지 않다.

그런데 단감은 나무에서 냉해를 입으면 까맣게 변해 먹을 수 없게 된다고 여러 사람들로부터 주의사항을 들었다. 그래서 눈이나 서리가 오기 전에 감 딸 시기를 계산하면서 잠시도 감나무에서 시선을 떼지 않았다. 하지만 하루라도 더 가을 햇살을 받게 해 주려는 욕심은 어쩌지 못했다.

깊은 가을 날, 아침 일찍 상쾌한 마음으로 커튼을 열었다. 일 년을 기다린 감 따는 날이었다. 그런데, 어떻게 이럴 수가! 빨간 감 위에 흰 눈이 소복소복 쌓여 있었다. 그토록 애타게 기다린 일 년이었는데…. 목이 뻐근하더니 눈물이 왈칵 솟았다.

넋 놓을 시간이 없었다. 감을 어떻게라도 구할 방법을 찾아 여러 군데 연락을 했다. 역시 대답은 똑같았다. 나무에 그냥 두고 보는 수밖에 없다는 것이었다. 하루도 기다려 주지 않는 자연의 냉정함을 뼈저리게 느끼고 나서야 그 아픈 교훈을 받아들였다.

그런데 아니었다. 하루 이틀 지나면서 새로운 기쁨이 찾아오기 시작했다. 얼어붙은 감에게 새로운 손님들이 찾아온 것이다. 처음에는 까치가 왔다. 감을 딸 때마다 높은 가지 끝에 선심 쓰듯 감 몇 개를 남겨 놓으면 아무 때나 날아와서 쪼아 먹던 까치다.

이번엔 나무 가득 매달린 감을 찾아온 것은 까치뿐이 아니었다. 비둘기, 참새, 뱁새, 찌르레기, 보기도 새롭고 이름도 알 수 없는 크고 작은 새들이 떼로 몰려왔다. 우리 집 마당이 갑자기 예쁜 새들의 세상으로 변했다.

아침 일찍 동이 트기도 전부터 밖이 시끌벅적했다. 그 소리에 잠이 깨어 내다보면 삼사십 마리 새들이 제각기 알맞은 가지에 앉아 조잘대면서 아침 식사를 하고 있었다. 그것은 이제까지 본 어느 광경보다도 평화스럽고 아름다웠다.

감을 모두 따버렸다면 누릴 수 없었을 새로운 기쁨. 감이 익으면 맘대로 나누며 즐기던 내 이기심이 새삼 부끄러웠다. 감 잔치가 끝나가는 깊은 겨울까지 좁은 우리 집 마당에 새들의 축제가 계속 되었다.

그 다음해 가을부터는 전처럼 감을 더 따려고 애쓰지

않았다. 좋은 사람에게 보내려고 준비하던 감 바구니도 줄였다. 부러지기 잘하는 감나무가 위험해서 담장 밖 옹벽 밑으로 처진 가지에 열린 감을 딸지 말지 아이들과 다투던 일도 그만두었다. 아무 때나 날아와 감을 쪼아 먹는 정겨운 새들의 모습이 감을 많이 따는 것보다 훨씬 큰 기쁨이라는 것을 비로소 알게 되었기 때문이다.

3.

사진 이야기

무비자로 입국을 허락했던 베트남에서 갑자기 비자를 요청했다. 행정상 문제라고는 하지만 출국이 얼마 남지 않은 상황에서 초청장과 이것저것 준비하려니 난감했다.

우선 사진이 걱정이었다. 이 년 전 여권 갱신 때 찍어 둔 사진은 있지만, 최근 이 개월 안에 찍은 사진이어야 한다고 했다. 더구나 여권 사진과 같은 사진은 안 된단다. 증명사진을 모아 둔 봉투를 꺼냈다. 혹시 일이 년은 속여도 될 나이들어 보이지 않는 사진을 찾아볼 셈이었다.

주민등록증, 신용카드, 여권 발급 때 찍은 사진들이 순서 없이 쏟아져 나왔다. 세월이 스쳐 가면서 어떤 경우에서든 나를 정직하게 증명해 주었던 고마운 얼굴들이 모여 있었다. 그런데 그중에서 칠 년 전에 찍은 여권 사진 한 장이 눈에 들어왔다. 내 딴엔 잘 나온 것 같아 여기저기 쓰고 딱 한 장 남아 있었다. 흰색 배경에 까만 옷을 입고 찍은 사진. 순간 세월을 속여 보고 싶은 생각이 들었다. 하지만 마지막 한 장인데 써 버리면 그때의 내 모습을 다시는 볼 수 없을 것 같은 아쉬움이 남았다.

봉투 겉장을 보니 다행히 칠 년 전 전화번호가 있었다. 상호는 바뀌었지만 전화번호는 그대로였다. 사진 원본은 오 년까지만 보관한다는 직원 말을 전화로 들었지만 남은 한 장으로 스캔이라도 해 놓고 싶어 효자동 옛날 동네를 찾아갔다.

사진관은 안데르센 동화에 나오는 집같이 노란 삼각지붕으로 개조되어 있었다. 턱수염을 기른 주인은 의외로 친절했다. 직원과는 다르게 내 신상을 자세히 물어보면서 원본을 찾는 데 애를 써 주었다. 열심히 마우스를 움직이더니 그가 드디어 컴퓨터에서 칠 년 전의 나를 찾아냈다. 오랫동안 사진관 컴퓨터 속에 묻혀 있던 나를 보니 오래전에 헤어졌던 이산가족을 만난 듯이 반가웠다.

사진관 주인은 어떻게 세월이 그대로 머물러 있을 수가 있느냐, 조금도 변하지 않았다며 지나친 찬사를 늘어놓았다. 나도 그가 찾아낸 컴퓨터 화면에서 얌전히 미소 짓고 있는 나를 보자 잃어버린 세월을 되찾은 듯 기뻤다.

그리고 그가 너무 고마웠다. 부탁도 하지 않았는데 마우스를 돌려가며 삐친 머리를 가지런히 잘라 주기도 하고 목 위로 올라간 블라우스 레이스도 도려내 주었다. 소위 '포샵'을 해 주었다. 작은 사진 몇 개를 더 만들어 줄 테니 그것으로 비자 신청을 하라고 했다. 아무도 눈치채지 못할 테니 걱정할 것 없다고 장담까지 했다.

그러면서 옆 테이블에 놓여 있는 어느 탤런트 사진을 가리키며 같은 크기의 액자에 내 사진을 넣어 잘 만들어 주겠다고 했다. 다시 볼 수 없는 그때 모습을 오래 간직하라면서 강력히 권유했다. 나도 잃어버렸던 세월을 다시 놓아 버리고 싶지 않았다.

며칠 뒤 사진을 찾아왔다. 기대를 하며 박스를 열었다. 그런데 박스 속에는 전혀 느낌이 다른 사진이 들어 있었다. 검은 프레임 때문일까? 흰 국화꽃 속에나 묻혀 있어야 할 것 같은 모습. 그건 영락없는 영정 사진이었다. 십 년 넘게 젊음을 추켜세워 주던 그가 단지 검은 테를 잘못 두른 것 하나로 나를 이승에서 저승 밖으로 밀어내었다.

사진을 침대 맞은편 문갑 위에 올려놓았다. 그리고 풀리지 않는 문제의 답을 찾아내듯 사진을 보고 또 보았다. 겨우 까만 줄 하나가 이승과 저승을 오가게 하다니. 삶과 죽음을 쉽게 착각하게 한 이유가 너무 단순해서 놀랐다. 모든 형상이 곧 허상이라는 말이 증명되었다.

바라볼수록 상상은 깊어지고 그 속으로 내 혼이 빠져들었다. 그러더니 마침내 사랑하는 사람들과 이별하는 광경이 형상화되었다. 그 장면은 정말 이 세상의 마지막 장면이 되면서 피안 저편처럼 느껴졌다. 내 형상도 없어지고 할 말도 없어졌다. 그 장면은 미리 보는 것이 슬프기는 하지만 죽음을 체험하는 것은 행운 같기도 했다. 괴롭지도 두렵지도 않았다. 문득 마크 트웨인의 말이 생각났다.

"나는 죽음이 두렵지 않다. 태어나기 몇십억 년 동안 죽어 있었으며 그 때문에 괴로웠던 적은 없었다."

그의 말대로 내가 지금 죽음 속에 존재해 있다 해도 아무렇지 않은 것은 태어나지 않았던 오랜 전생에서 이미 익혀 온 습성이 아닐까 싶었다. 한 가지 꼭 아쉬운 게 있다면 '베토벤 교향곡 6번 전원 2악장'을 준비하지 못한 것이었다. 내가 떠나는 날 배웅하러 온 사랑하는 친구들에게 마지막 선물로 들려주고 싶은 곡이었는데 그 음악이 들리지 않았다.

주말에 아들이 왔다. 우연히 침실에 들어갔던 그 애가 큰 소리로 나를 불렀다. 가 보니 자세히 설명할 겨를도 없이 아들은 벌써 액자에서 사진을 꺼내고 있었다. 내가 저희들 몰래 죽음과 무슨 뒷거래라도 한 것처럼 빤히 쳐다보며 항의하듯 따져 물었다. 내 설명을 다 듣고 나서도 그 애는 기분을 풀지 못했다. 사진사의 악의는 아니었을 테고 예민한 내 감각 탓일 거라고 말했지만 그 애 표정은 쉽게 수습되지 않았다. 잠깐이지만 어디 삶과 죽음의 한계를 정리한다는 것이 그리 쉬운 일이겠는가?

어찌됐건 아들 덕에 내 사진은 검은 사각 틀에서 빠져나왔다. 아니, 저승으로 들어가고 있는 나를 이승으로 끌고 나왔다. 아마 아직도 나는 이 얼굴로 이 세상에서 증명할 일이 더 남았나 보았다.

아주 곤란한 며칠간의 일이었다.

십팔 층 그네에 앉아

아침에 눈을 뜨면 창가로 간다. 블라인드를 걷어올리고 밖을 내려다본다. 이곳으로 이사 온 후 생긴 내 버릇이다. 십팔 층 아래 회색 조형물들은 아직도 희뿌연 새벽잠에 잠겨 있고, 우뚝 선 빌딩 사이로 낮은 집들이 땅바닥에 엉겨붙어 있다. 밤새 불침번을 선 가로등이 참았던 졸음을 이기지 못하고 하나둘 눈꺼풀을 닫는다.

"가자 꿈이여, 황금빛 날개를 타고."

라디오에서 베르디 '나부코' 중 노예들의 합창이 웅장하게 울려 퍼진다. 음악은 동쪽에서 막 뻗어 오르는 붉은 기둥을 타고 하늘 높이 날아오른다. 빌딩의 벌집 같은 구멍에서는 어제의 피곤을 풀지 못한 사람들이 딱정벌레 같은 차를 끌고 오늘 할 일을 한아름씩 안고 쏟아져 나온다.

멀리 성냥개비로 만든 듯한 한강철교 위로 긴 전철이 강을 건넌다. 강물은 햇살에 반사되어 고기 비늘처럼 번득이고, 강 이쪽 낡은 선로 옆으로도 애벌레처럼 전동차가 꾸물꾸물 기어간다. '이렇게 일찍 어디로 가는 걸까?' 세상의 아침이 마치 다섯 살 아이의 크레용 그림처럼 재미있고 플라스틱 놀이터처럼 신기하다.

사방에 산이 병풍처럼 둘러치고 산봉우리 끝에는 레이스 치마를 입은 나무들 사이로 은은히 하늘이 비치던 곳, 나는 그 북한산 밑에서 집을 짓고 사십 년 가까이 살았다. 해마다 정원의 나무가 자라면 마당 위 하늘은 점점 좁아지고 새소리, 매미 울음에 아침잠을 설치던 그곳에서 하늘과 땅은 자연의 조화를 색칠해 예쁜 화첩을 만들어 계절을 알려 주었다. 참으로 수채화 같은 세월이었다.

이삿짐을 챙기느라 집안 구석구석을 둘러보니 바깥 광이랑 부엌 다락에서 옛 살림살이들이 쏟아져 나왔다. 윗대 어른들이 쓰시고 내 손때도 묻어 정든 것들, 신선로,

다듬잇돌과 방망이, 돌절구, 고조할머니 내림에서 종가의 위엄이 서려 있는 물건들, 세월 잘못 만나 먼지를 뒤집어쓴 채 다락에 묶여 있어 노하셨는지 '쨍그렁' 큰 소리를 내며 굴러나왔다.

집안 유물을 건사하지 못한 죄책감에 주눅이 들어 있던 터에도 나는 슬며시 옛날이 그리워졌다. 생선이랑 갖은 야채로 오방색 전을 부쳐서 소고기 완자를 빚고 은행과 잣을 돌려서 닭고기 국물로 맛있게 끓여 내던 신선로. 어른 상에 올리면서 칭찬받던 그날로 돌아가고 싶었다.

괴목장 안에는 선대 할아버님들께서 읽으시던 수호지와 삼국지, 붓으로 써서 만든 한시집들이 차곡차곡 쌓여 있었다. 십 대조 할아버지가 쓰신 농암聾巖 전집이며 벼슬 받을 때 하사받으셨다는 문서들이 낡은 창호지에 싸여 수의를 입은 듯 누워 있었다. 뵙지도 못한 선대 할아버님들의 체취가 배어 있는 물건들. 내가 내림해야 할 귀중한 가보들. 나는 소중한 책임감으로 다음 아이들에게 전해 줄 의무를 마음에 각인하며 곱게 싸서 괴목장 안에 다시 넣었다.

결혼할 때 친정어머님이 햇솜으로 만들어 주신 혼수

이불이 몇십 년째 쌓여 있고, 식구들이 철마다 덮던 이부자리며 며느리들에게 받은 아까운 보료들도 독한 마음으로 한 트럭 내보냈다. 벽난로 앞에서 태워 버린 아름다운 날들, 내가 하지 않으면 자식들이 해야 할 세월의 흔적들은 내가 지워 버려야지. 아날로그에서 디지털로 넘어오는 혼란의 시대에 살고 있는 고충이라 생각하며 스스로 감수해야 할 각오를 다졌다.

그중에서도 가장 괴로웠던 것은 남편과 내가 평생 애지중지 모은 만여 권의 장서를 정리하는 일이었다. 집을 지을 때 정원 가까이 제일 조용하고 넓게 만든 서재 '정암재.' 거기서 보물처럼 지켜 온 장서들을 인터넷을 뒤져 찾아낸 '헌책 수집가'에게 부탁해 고려장을 치르듯 떠나보냈다. 그것들과 이별하면서 나는 생명이 없으되 생명을 가진 것만큼이나 마음에서 떼어놓기 어려운 것이 책이라는 것을 절실히 느꼈다.

시대가 내버리고 지적 속도를 따를 수 없어 뒤처진 옛날 책들, 인터넷에 수모당해도 아직은 우리 두뇌가 간절히 요구하는 옛 조상들과 선배들의 지혜가 소중한데도 어쩔 수 없어 가슴이 저미도록 아까웠다.

목록별로 번호를 붙여 정갈하게 정리해 놓은 책. 해마다 장마가 끝나면 햇볕의 열기가 식기 전에 서재 앞마당에 자리를 펴고 거풍擧風 시키던 기억을 잊으려 했다. 트럭 몇 대를 대놓고 책을 빼내니 벌집처럼 구멍이 난 서가를 쓰다듬고 또 쓰다듬었다. 그리고 같이 할 수 없는 사람과 책의 한계를 통감했다.

그래도 마지막 애정으로 골라온 육백여 권의 책을 내 정신적 문화유산으로 삼기로 작정했다. 이사 온 후, 나는 방 하나에 작은 '정암재'를 새로 꾸몄다. 십분의 일도 못 가져왔지만 이 책들과 남은 세월을 함께하리라 다짐했다.

같이 갈 수 없는 것들은 무엇보다 정원의 꽃과 나무들이었다. 백여 년은 족히 넘는 수령을 뽐내며 바람이 불 때마다 용틀임하던 적송, 부산 시집에서 가져온 빨간 모란과 흰 라일락, 친정에서 옮겨 온 옥잠화, 모두 오십 년 넘는 세월을 같이 살아온 피붙이 같은 것들이었다.

결혼기념수로 심은 계수나무는 언젠가 이사하면 데리고 가리라 마음먹었다. 그래서 광화문 한복판을 거대한 트레일러에 실려 가는 모습을 혼자서 상상하곤 했는데,

세월이 사십 년을 넘고 보니 이제는 하늘을 가릴 만큼 자란 계수나무를 데리고 갈 꿈을 버렸다. 그 옆 단감나무와 무던히도 자리다툼을 하더니, 그 싸움을 가려주지도 못하고 그냥 와 버렸다. 된장찌개가 끓으면 부엌 뒷문을 열고 나가 풋고추와 방아잎을 따다 넣고, 단감이 익으면 작은 소쿠리에 담아 이웃과 나누던 시절도 모두 옛이야기가 되었다.

구사일생으로 나를 따라온 살림살이들과 약속했다. 함께 온 너희들과 다시는 헤어지지 않을 거라고. 더 좋은 것, 더 편한 것이 아무리 많아도 너희들과는 절대로 바꾸지 않을 거라고.

"썩은 동아줄은 말고 튼튼한 새 동아줄을 내려 주소서."

십팔 층 엘리베이터 표시등을 누르면서 나는 동화 속 아이처럼 주문을 외운다. 내려온 철바구니를 타고 땅을 뛰어오르면 십팔 층 공중에는 무엇에도 방해받지 않는 민낯의 하늘이 날 기다리고 있다. '하늘로 가는 정거장', 나는 이 집을 그렇게 부른다.

이사 온 지 몇 달이 지났다. 여전히 나는 뒤칸이 잘려 나간 기차의 맨 앞자리에 앉은 외로운 여행자 같다. 더는 따라오지 않는 뒤칸들. 문을 열면 깊은 낭떠러지로 떨어질 것 같아 굳게 닫아 버린 뒷문. 매정하게 자르고 온 세월의 흔적들이 창밖에서 현란하게 명멸하며 나를 따라온다. 혼자 간다고 비난하는 것 같기도 하고, 같이 가자고 애처롭게 손짓하는 것도 같다. 언제까지 나를 따라올까? 아직은 끊어진 뒤쪽을 돌아볼 자신이 없다.

지금도 나는 십팔 층 그네에 앉아 아래를 내려다보며 동화 같은 세상을 구경하고 있다. 꽃과 나무, 새들이 주었던 아름다운 자연보다 사람이 살아가는 신기하고 재미있는 요지경 세상이 더 아름다워 보일 때까지 나는 십팔 층 그네에 앉아 언제까지라도 기다려 보려고 한다.

할아버지의 말안장

할아버지를 생각하면 내 귀에서는 늘 뜸부기 울음소리가 들린다. 여름내 무성하게 자란 벼가 배동할 즈음, 논배미 정적 사이로 단조롭게 들려오던 그 소리는 논두렁에 허수아비처럼 서 계시던 할아버지 모습과 함께 아직도 내 어린 날 풍경 속에서 애잔한 영상으로 남아 있다.

뜸부기가 울음을 그치고 마당가 배롱나무가 빨간 꽃잎을 토해 낼 무렵이면 사랑채에서는 할아버지의 당시 唐詩 읊는 소리가 들려왔다. 논어나 맹자를 읽을 때는 시절을 가리지 않던 할아버지가 당시를 읊을 때만은 꼭 격식을 차리셨다.

처서가 지나고 백로로 접어들면 할아버지는 정갈하게 다듬은 옥양목 겹적삼으로 갈아입으시고 서책을 펼쳤다. 당시의 음률은 강물처럼 유장하게 흐르다가 평시와 같이 단조처럼 잔잔하게 가라앉기도 하고, 또 어떤 음절에서는 갑자기 파도가 일렁이듯 고음으로 치솟기도 했다.

청량한 이 소리가 사랑채에서 유유히 새어나오면 우리 집 구석구석으로 가을이 스며들기 시작했다. 어머니는 그 음률을 너무 좋아해서 가사를 붙여 우리에게 자장가로 불러 주셨다고 했지만, 나는 왜 그런지 할아버지의 당시 읊는 소리만 들으면 할아버지가 무척 외로워 보였다.

시골에는 할아버지와 학문을 논하고 담소를 나눌 만한 벗이 없었다. 그래서 유난히 해학적이고 객담을 좋아하시던 할아버지는 늘 적적해하셨다. 낙이 있었다면 어쩌다 먼데 친구나 친척들의 잔치에 초청되어 가시는 것이었다. 그런 잔치에는 대체로 할아버지의 시 한수가 빠지지 않았다. 가시기 며칠 전부터 시상을 떠올리며 시구를 다듬느라 여러 날을 골몰하시었다.

두루마기 곱게 차려입으신 할아버지가 지묵을 챙겨들고 떠나시면 며칠을 묵어 오실 때도 있고 당일로 오실 때도 있었다. 잔치가 끝나고 돌아오실 때엔 노을빛 붉게 물든 얼굴에 술기운이 가득 담겨 있었다. 그리고 아무것도 모르던 나에게 그곳 좌중 앞에서 읊으셨던 시를 읽어 주셨다. 어떤 자로 운韻을 띄우고 어떻게 대구對句를 달았는지 설명해 주시면서 좀처럼 흥분을 가라앉히지 못하셨다. 그런 할아버지를 보면 나는 차라리 서글픔과 안쓰러움을 느끼곤 했다.

할아버지께서는 사랑채에 서당을 열고 동네 아이들에게 한학을 가르치기도 했다. 어린 제자들이 천자문이나 동몽선습을 뗄 때마다 동네 학부모들은 감사의 보답으로 책거리 떡시루를 지게에 지고 오기도 했는데, 그런 때는 동네에 떡 잔치가 벌어지곤 했다.

또 할아버지는 절기마다 농사에 대한 조언도 잊지 않으셨다. 이를테면 농번기에 일할 날을 잡아놓고 일꾼들을 불렀는데, 이른 아침부터 비가 내려 애를 태울 때가 있었다. 그럴 때 할아버지께서 일갈하셨다.

"朝雨不長이니라. 곧 그칠 게야, 아침 비는 오래가지 않거든."

할아버지 말씀이 끝나면 영락없이 비는 그치고 날씨가

좋아져 일꾼들이 무사히 논밭으로 나가 일을 했다.

동네 사람들을 위한 정초 토정비결 또한 빼놓을 수 없는 할아버지의 몫이었다. 연로하신 할아버지께 세배하러 온 동네 사람들이나 친척들은 세배보다 사랑채로 몰려가 한 해 운수를 들어보는 재미가 더 컸다.

사랑채 문 앞에는 신발이 난전처럼 널려 있었다. 그럴 때면 할아버지는 언제나 나를 부르셨다. 그러고는 밤톨만큼이나 큰 알이 가지런한 나무주판을 건네셨다. 할아버지는 깨알같이 세필한 토정비결 원본과 만세력에서 그 해의 연세年歲와 그 달의 월근月根을 뽑아 나에게 주시며 그 수를 합산해서 3과 6으로 나누라고 하셨다. 그리고 사람들의 생년월일을 천간天干과 십이지十二支에 맞추어 괘를 푸시느라 열 손가락을 꼬부렸다 폈다 골몰하시었다.

할아버지가 한자가 많이 섞인 그해의 운세를 적어 주고 설명해 주시면 동네 사람들은 숨을 죽이며 읽지도 못하는 그 종이를 받아 소중하게 간직했다. 그리고 일 년 동안 그 괘를 부적처럼 여기며 생활의 지침으로 삼곤 했었다.

그런데 딱 한 사람, 아버지는 그런 할아버지를 못마땅하게 생각하셨다. 두 분은 성품이 전혀 달랐다. 할아버지는 부드럽고 정감이 넘치는 풍류와 문예의 기질을 지니신 분이라면, 아버지는 매사에 경제성 여부를 따지고 강한 카리스마로 사리분별이 확실한 분이었다.

할아버지가 풍류와 여색으로 선대의 재산을 지키지 못한 반면, 아버지는 기울어져 가는 가산을 바로 세우기 위해 일본 유학을 중도에 포기하고 귀국하셨다고 한다. 학업을 중단하고 돌아온 아버지는 할아버지가 잃은 가문을 다시 일으키시려 어려운 과정을 겪었다. 자연스럽게 두 분의 갈등을 우리는 어릴 때부터 어렴풋이 느끼며 자라왔다.

아버지는 자신이 중단한 학업에 한이 되셨던지 자식들 교육에 열정적이었다. 초등학교를 졸업한 우리는 아버지의 엄명으로 도시의 상급학교로 떠나야 했다. 열 살이 겨우 넘어 집을 떠나는 철없는 우리가 우는 게 안쓰러웠던 할아버지는 어미 개 품속에서 새끼 강아지 떼어 가듯 차례로 떠나보내는 아버지를 보고 '독한 아비'라고 힐난하기도 했다.

우리 집 마당 끝에 연자방앗간이 있었다. 맷돌을 옆으로 세워 놓은 것같이 엄청나게 큰 둥근 돌을 소 두 마리가 끌고 돌았다. 돌 밑에는 곡식 몇 가마니를 쏟아붓고 물을 끼얹어 가며 머슴들이 채찍질을 했다. 소들이 끌고 도는 돌 밑에서는 껍질이 벗겨지면서 쌀이 되기도 하고 보리쌀이 되기도 했다. 어릴 때 우리는 방아를 찧지 않는 날 그곳을 놀이터 삼아 놀기를 좋아했다.

그러던 어느 날 술래잡기를 하던 우리는 높은 천장 위에 울긋불긋한 천조각에 싸여 있는 의자같이 생긴 것을 보았다. 성황당에 걸려 있던 천조각 같기도 하고 굿집 무당이 잡고 흔들던 오방색 깃발 같기도 했다. 그것이 궁금해서 우리는 안달이 났다. 호기심이 극에 달했던 우리는 결국 나무에 잘 오르는 아이를 뽑아서 가운데 큰 기둥을 타고 천장에 올라가기로 의견을 모았다.

그런데 시작도 하기 전에 아버지에게 들키고 말았다. 아버지가 그렇게 노하시며 고함을 치는 모습을 나는 처음 보았다. 너무나 무서워 그 뒤로 다시는 연자방앗간에 얼씬도 하지 않았다.

방앗간 지붕 위의 하얀 박꽃이 여러 번 피고 진 후에야 나는 어머니에게 그것이 할아버지의 말안장이라는 말을 들었다. 할아버지가 젊은 시절 팔도강산으로 유람을 다닐 때 기생을 뒤에 태우고 다니며 가산을 탕진했다는 바로 그 말 위에 얹었던 말안장이었다. 그 이야기가 어릴 때부터 우리 집안에서 금기사항이라는 것을 알고 있기는 했지만 그것이 연자방앗간 천장에 매달려 있는 줄은 몰랐다.

그런데 그것을 왜 버리지 않고 그곳에 매달아 두었는지 궁금해서 어머니에게 물었다. 어머니는 할아버지 물건인데 어떻게 버리겠느냐고 했지만, 나는 짐작이 갔다. 아버지는 아마 말안장을 매달아 놓고 그것을 쳐다보며 가솔을 책임진 가장의 고뇌와 다시 찾은 재산의 수성守成을 위한 각오로 와신상담하셨으리라. 평생을 허례허식 한번 안 하시고 절약하며 검소하게 사셨던 아버지의 마음을 헤아리다 보니 가슴 저편이 아려왔다.

또 한편으로는 일생을 시골에 묻혀 살면서 학문에 대한 뜨거운 열정과 풍류에 대한 갈망을 저버리지 못하고 아들의 눈치를 살피며 현실과 이상의 세계를 넘나드셨을 할아버지의 일생이 안쓰럽기 그지없기도 했다.

할아버지는 낮시간이 짧아지는 동지에서 입춘까지는 점심 식사를 거르셨다. 그리고 해가 노루꼬리만큼 길어진다는 입춘이 지나서야 점심을 드셨다. 그토록 건강에 유념하시던 할아버지께서 아흔한 살에 돌아가셨다. 임종에 즈음하여 젊은 시절 자신이 누구누구에게 진 빚을 다 갚았느냐고 아버지에게 물으셨다고 한다. 옛날에 모두 갚았으니 염려하지 마시라 했더니 편안히 눈을 감으셨다는 말을 듣고, 나는 그것으로 두 분 생전에 있었던 오랜 갈등이 모두 해소되었으리라 믿고 싶었다.

지금 연자방앗간이 있던 자리에는 커다란 오동나무 한 그루가 서 있다. 누가 언제 심었는지 알 수 없는 그 나무는 해마다 봄이 오면 보라색 꽃을 피우며 옛날이야기를 들려준다. 할아버지가 거처하시던 사랑채 대청마루 대들보에는 상량식 때 써올린 할아버지의 활달한 필체가 청량한 음색으로 당시를 읊으면서 이제는 모두 떠나 버린 빈집을 지키고 있다.

큰언니의 오동나무 장롱

오랫동안 요양원에 누워 지내던 큰언니는 떠나야 할 이승을 눈에 담아 두기라도 하듯 하염없이 주변을 바라보았다. 팔십 년이 넘도록 언니에게 가혹하기만 했던 세월이었기에 나는 언니에게 모든 것을 잊고 그곳은 쳐다보지도 말라 하고 싶었다. 오히려 포근한 포대기에 싸여 아기처럼 태어난 곳으로 돌아가려는 그곳이 어쩌면 언니에게는 제일 평안한 곳일 거라는 생각이 들었다.

큰언니의 사주단자가 우리 집에 오던 날, 우리 집은 부산해지기 시작했다. 그날부터 우리 집에는 두 식구가 늘었는데, 한 사람은 목수인 영림이 아저씨였고 또 한 사람은 자주 드나들던 침모 한씨였다. 딸을 낳으면 오동나무를 심는다는 옛 어른 말씀대로 딸부자인 우리 집 둘레에는 할아버지와 아버지가 심어 놓은 오동나무가 여러 그루 자라고 있었다. 그중 제일 크고 반듯한 두 그루는 큰언니가 스무 살이 되기 전에 잘라내어 양지바른 언덕바지에서 말리고 있었다.

어린 나는 갑자기 식구가 늘어나고 집안이 부산하게 돌아가는 것이 신났다. 새 방에서는 침모가 뉴똥, 모본단, 숙고사 같은 고운 비단을 잘라 재봉틀에 박아내는 소리가 들렸다. 손바느질로 홈질을 하던 침모의 주먹만 한 쪽머리엔 언제나 여러 개의 바늘이 꽂혀 있었다.

임시 지어 놓은 뒤꼍 목공소에는 영림이 아저씨가 오동나무로 언니의 장롱을 짜고 있었다. 나는 학교만 끝나면 대팻밥 속에 파묻혀 일하던 아저씨를 만나러 목공소로 달려갔다. 아저씨는 반듯하게 밀어 놓은 목재 한끝에 눈을 대고 먹줄을 튕겨서 그은 까만 줄을 따라 톱으로 반듯하게 나무판을 잘라냈다. 귀 뒤에 항상 연필을 끼고 있다가 금이 삐뚤어지면 그것으로 다시 그렸다. 대패로 밀고 자귀로 깎은 널빤지를 매끄럽게 다듬어 끌로 구멍을 뚫었다. 각을 세워 맞추고 곳곳에 못을 박았다. 아저씨는 입 안에 항상 사탕처럼 못을 물고 있었는데 못 박을 때마다 한 개씩 혀 밑에서 꺼냈다. 나도 그게 하고 싶어서 입에 못을 물었다가 쌔한 맛에 깜짝 놀란 적이 있었다.

사포로 곱게 갈아내고 광목천에 황토를 주먹만 하게 묶어 장롱 안팎을 문지르면 연한 흙빛이 되면서 언니의 예쁜 오동나무 장롱의 모양새가 나타났다. 진한 갈색으로 마무리를 하고 장롱에 유리를 끼웠다. 해와 꽃과 사슴이 그려져 있는 그림책 같은 유리였다. 그건 내가 이제껏 본 중에 제일 신기하고 예쁜 유리였다.

형부가 될 사람은 우리 집에서 멀지 않은 곳에 살던 유복한 집의 외동아들이었다. 사냥을 좋아하던 그분은 언니를 만나러 올 때면 무릎까지 올라오는 가죽장화를 신고 긴 사냥총을 메고 왔었다. 어떤 때는 예쁜 꿩을 몇 마리 잡아오기도 했는데, 나는 그것들이 불쌍해서 도망갔지만 어머니는 그 꿩으로 맛있는 음식을 만들어 큰 사윗감에게 융숭한 대접을 했다.

엄청나게 큰 사냥개도 데리고 왔었는데, 그때마다 죄 없는 우리 집 고양이는 뒤꼍 물앵두나무 꼭대기로 올라가서 공포에 떨며 날이 저물도록 내려오지 못했다. 그런 고양이가 불쌍해 나도 나무 밑에 쪼그리고 앉아 형부가 어서 사냥개를 데리고 가기만을 기다렸다.

그런데 웬일인지 행복해야 할 언니의 신혼 생활은 평탄치 못했다. 직장을 다니던 형부 따라 서울에서 신혼살림을 차렸던 언니는 형부의 갑작스런 발병으로 시골로 내려오고 말았다. 더구나 부부가 같이 있으면 병에 해롭다는 시댁 어른들의 지시로 언니는 혼자 친정인 우리 집으로 돌아왔다. 결혼한 지 이 년 만이었고 언니 나이 스물다섯, 출산도 해 보지 않은 채였다.

우리 집에선 형부의 건강이 좋아지길 기다리며 언니의 마음을 건드리지 않으려고 온 식구가 전전긍긍했다. 언니 방에서는 가끔 한숨 같은 가느다란 재봉틀 소리만 간간이 들려올 뿐, 늘 조용했다. 그런 고통 중에 오색 꿈을 가득 담아 시집으로 가져갔던 언니의 오동나무 장롱이 삼 년 만에 다시 우리 집으로 되돌아왔다. 그 장롱이 형부 병이 완쾌하는 데 장애가 된다는 속설을 믿고 시댁에서 보낸 것이었다. 언니와 우리 가족들의 상심은 말할 것도 없었지만 오로지 형부의 완쾌만 기원하던 터라 그

댁의 처사에 따를 수밖에 없었다.

  헤어져 있는 동안 언니는 형부에 대한 그리움을 참지 못하고 언젠가는 밤을 새워 걸어서 시댁 근처까지 갔었다고 한다. 그러나 차마 형부를 만나보지 못하고 그냥 되돌아왔다는 이야기를 하면서 언니는 울었다. 그렇게 헤어진 일 년 뒤쯤에 시댁 어른들의 냉혹한 처사로 언니는 형부를 단 한 번도 만나보지 못하고 그대로 영원히 이별하고 말았다.

  언니의 고통스런 날들 중에 그래도 유일한 낙은 오동나무 장롱을 어루만지며 지내는 것이었다. 언니는 남편을 바라보고 자녀를 어루만지듯 들기름 묻힌 수건으로 매일 닦고 또 닦아 밝은 갈색으로 길이 든 오동나무 장롱과 시간을 보냈다. 장롱 안에 들어 있는 옷가지들, 펴보지도 못한 갖가지 혼수들을 언니는 매일 만지고 또 만졌다. 그러나 형부가 돌아가신 후 삼 년 삼 개월 동안 흰 상복만 입고 지내던 언니는 그 고운 옷들을 입지 않았다. 가끔 형부와 다정하게 덮어 보지도 못했을 원앙금침을 뒤꼍에서 거풍시킬 때면 어머니는 남몰래 앞치마로 눈물을 훔치셨다.

식구들은 언니의 참담한 처지를 어떻게 위로할지 조심하며 살았다. 다행히 형제가 많고 살림이 큰 우리 집은 할 일이 많아서 오히려 언니가 고통에서 헤어나오는 데 도움이 됐던 것 같다. 학업 때문에 부모 품을 일찍 떠나 객지에 살았던 어린 동생들을 언니는 부모님 대신 보살펴주었다. 언니도 차츰 서울에서 안정을 찾았다. 그럴 때 우리는 바쁘다는 핑계로 언니의 생활을 돌봐주지 못했다.

말년에 언니는 서울에 살면서도 가끔 오동나무 장롱을 보러 시골집을 드나들었다. 낡고 초라해진 장롱과 남몰래 속마음을 나누고 오는 것 같았다.

언니가 장롱을 마지막으로 본 건 요양원으로 들어가기 이 년 전쯤인 것 같다. 개발지역으로 묶인 고향집의 언니 방에서 뽀얀 먼지를 뒤집어쓰고 있는 오동나무 장롱이 하염없이 언니를 기다리고 있었다.

잎마저 떨어지기 싫어하는 구월에 언니는 갔다. 형부와 추억이 서렸던 시집과 형제들과 애면글면하던 친정집이 바라보이는 작은 사찰에 언니를 모시고 돌아오는 길, 드넓은 하늘이 온통 빨간 노을로 충혈되어 울고 있었다. 그렇게 하늘이 통곡하는 걸 처음 보았다.

짐 없는 여행을 꿈꾸며

내게 제일 하고 싶은 몇 가지를 꼽으라면 그중에 '짐 없는 여행'을 넣고 싶다. 모든 일상을 집어던지고 홀가분하게 짐 없이 혼자 떠나는 여행 말이다. 여권과 몇 장의 카드를 넣은 얄팍한 지갑, 그리고 메모할 수첩과 비행기표가 든 가벼운 숄더백. 표는 왕복보다 편도가 좋겠지. 영혼이 자유로운 여자에게 길은 어디에나 열려 있어야 하니까.

여행하다 갑자기 가고 싶은 곳이 생각나면 언제든 행선지를 바꾸어야 한다. 탱고의 열정에 빠지고 싶으면 남미의 어느 도시가 좋고, 유럽의 박물관 앞 긴 줄에서 나누어 마시던 새콤한 레몬소다 같은 로마의 오후를 만나러 가도 좋을 것이다.

옷 몇 벌과 간단한 소품으로 가볍게 꾸린 기내 가방을 잘잘 끌면서 우아하게 출국장으로 들어간다. 물론 부치는 짐은 없다. 면세점을 기웃거려 짐을 더 늘리지도 않는다. 곧바로 게이트 맨 앞 의자에 조용히 앉는다. 그리고 여행 중에 해야 할 일들을 메모하면서 여유 있게 탑승을 기다린다. 마지막으로 기내에 들어가기 전 핸드폰을 꺼내 조용히 목을 조른다. 이제 나와 연결된 모든 사람들과의 대화가 단절된다. 갑자기 머릿속이 환해지며 온몸이 종잇장처럼 가뿐해진다. 비로소 나는 모든 것을 벗어 버린다.

기내 안에서는 옆 사람을 방해하지 않게 가방을 조용히 선반에 올린다. 목적지에 도착해서도 빙빙 돌아가는 짐을 찾느라 초조히 기다리지 않아도 된다. 그냥 품위 있게 입국장을 빠져나가면 된다. 이것이 내가 해 보고 싶은 '짐 없는 여행' 스케치 중 하나다.

별것도 아닌 이 모습으로 왜 나는 떠나지 못했을까? 그건 여행 대부분이 아이들에게 가기 때문이었다. 공부할 때나 결혼시켜 놓고도 애들은 내 손이 아쉬웠고 나 또한 핑계 삼아 아이들한테 가는 게 내심 즐거웠다. 애들이 좋아하는 음식, 서울에서만 구할 수 있는 필수품, 방학 때 놓고 간 물건들, 이것저것 가져다 달라는 요구를 들어주다 보면 가방은 지퍼가 터질 지경이 됐다. 짐 쌀 때부터 제한된 무게를 넘지 않으려고 신경을 쓰는데도 넘기기 일쑤였다. 물건 값의 몇 배나 되는 초과요금이 아까워서 가방을 공항 바닥에 펼쳐 놓고 무거운 짐을 빼내 손가방을 하나 더 만들기도 했다.

도착한다는 안내방송이 나올 때부터 짐 찾을 걱정이 앞섰다. 짐 나오는 곳으로 가면 줄줄이 쏟아져 나오는 가방들, 쉽게 찾으려고 붉은 리본을 매놓았는데도 도무지 눈에 띄지 않았다. 한참 만에 만난 가방, 잽싸게 배부른 가방을 카트에 들어올리다가 손톱 끝이 부러져도 아픈 줄 몰랐다.

아이들 집에 짐을 모두 풀어놓으면 후련했다. 돌아갈 때는 가볍게 가야지 다짐하지만 그게 쉽지 않았다. 빈자리만 있으면 냉큼 비집고 들어오는 게 짐이다. 머릿속을 밀치고 들어오는 잡념 같다.

언젠가 아이들과 발리에 갔었다. 그림 같은 바닷가

호텔의 장식품들이 아주 고급스러웠다. 특히 욕실용품은 질이 좋았다. 쓰지 않았는데도 청소할 때마다 새것으로 바꿔 놓았다. 눈여겨보던 나를 딸이 미심쩍게 쳐다보았다. 아까웠다. 몇 군데 호텔을 들를 때마다 욕심을 내다 보니 어느 틈에 물건이 제법 많아졌다.

공항에서 짐 무게가 초과되었다. 딸이 눈을 똥그랗게 뜨고 의심의 눈초리로 쳐다봤다. 나는 공연히 기가 죽었다. 변명 한번 못하고 초과요금을 냈다. 소탐대실!

언제부턴가 나를 짓누르는 무거운 것들은 피하고 싶다. 형체나 상념이 주는 무게감, 심지어 자연이나 예술 감각에서 오는 것마저도 중량감이 느껴지면 거부감이 든다. 두꺼운 먹구름, 나뭇가지를 뒤트는 바람도 그렇다. 피카소 '게르니카'의 공포스러움과 막스 부르흐의 '콜 리드라이'의 첼로 저음도 무겁다.

이제는 가벼운 것이 좋다. 마음이 무거울 때 해답은 늘 '버리기'와 '줄이기'다. 답을 알아서 참 좋다. 그러나 버릴 것은 물건이 아니고 생각이다. 짐을 소유하고 싶은 욕심을 경계해야 한다. 그 함정에서 벗어날 지혜만 있다면 쓸데없는 퇴적물은 더 이상 쌓이지 않을 것이다. 그때

쯤이면 나도 멋진 숄더백을 걸치고 가벼운 기내 가방 하나만 끌면서 우아하게 출국장을 빠져나갈 수 있을 것이다. 찾는 짐은 물론 없다.

멋지게 일상의 탈출을 꿈꾸며 나는 오늘도 가볍게 떠날 '짐 없는 여행'을 꿈꾼다. 기필코 결행하리라. 벌써부터 가슴이 뛴다. 어디로 갈까? 그건 그때 가서 결정해도 늦지 않을 것이다. 그것이 내 '버킷 리스트'의 몇 번째인지 그것도 중요하지 않다. 꼭 그런 여행을 떠나는 게 중요하다.

매미가 울던 자리에

어느 여름엔가 잔디밭에서 풀을 뽑다가 깊이 들어간 호미 끝에 하얀 애벌레가 끌려 나왔다. 오랫동안 땅속에서 매미가 되려고 하안거夏安居에 든 발가벗은 굼벵이였다.

"아, 죄송합니다!"

수십 년 면벽수행하시는 스님의 참선을 방해한 죄가 이보다 더 클까? 나는 황망히 호미로 흙을 긁어 덮으며 하얀 애벌레를 꼭꼭 묻어 주었다. 그리고 제발 오랜 정진이 나로 인해 허사가 되지 않도록 머리 숙여 합장한 적이 있었다.

그런데 오늘 첫 새벽, 드디어 참매미가 집 앞 소나무에서 첫 울음으로 일갈했다. 다른 해 같으면 칠월 초순에 요란했을 울음이 올해는 장마 때문인지 한 달여나 늦은 팔월 초에야 울림통이 터진 것이다.

매미의 첫 울음은 으레 변성기의 수평아리처럼 껄끄럽고 거칠다. 처음 마이크 잡은 시골 이장의 떠듬대는 말투 같기도 하고, 말 배우는 어린아이의 웅얼거림 같기도 하다. 처음 몇 번을 그렇게 멈칫대다 곧이어 실습에 들어간다. 지휘자의 손끝을 따르는 성악가처럼 '맴, 맴, 맴, 맴,' 정확한 발음 연습을 시작한다. '스타카토'로 예닐곱 번씩 음을 끊어 정확하게 반복하다가 자기 음역을 찾았다 싶으면 한 옥타브 시원스럽게 치고 올라간다. 숨도 쉬지 않고 겁없이 냅다 질러댄다.

저러다 숨이 막히면 어쩌나 걱정스러울 만큼 소리는 점점 기세가 등등해진다. 어떻게 저리도 금방 음을 터득할 수 있을까, 저 당찬 자신감은 어디서 배웠을까, 시끄럽던 주변의 잡음이 한순간 매미 울음에 묻혀 깨끗이 정화된다.

청량한 그 소리는 곧장 파란 하늘로 시원스럽게 치솟아 오른다. 화살처럼 내리꽂는 따가운 여름 햇살을 단숨에 가로지르며 세상만사 모든 근심을 평정해 버린다.

질러보니 세상이 발아래로 보이나 보다. 어디서 저 담대함을 배웠을까. 어떻게 저렇게 작은 몸집에서 저리도 용맹스런 소리가 나온단 말인가. 작년에는 없었던 매미였으니 연습은 더욱 안했을 테다. 그 전해에는 더더욱 태어나지도 않았을 게고, 길게는 십 년 넘게 땅속에서 단 한철 여름의 짧은 노래를 위해 연습해 본 적이 없는 매미가 아닌가. 생각만 해도 막막하고 긴 세월이었으련만.

그런 고난 끝에 매미가 되고서도 겨우 보름을 넘기고 생을 마감하니 타고난 진화의 습㯞이 너무 가혹한 것 같다. 그렇게 한이 쌓인 매미의 울음인데도 늘 청아하고 여유롭기만 하다. 첫 새벽부터 하루 종일 한결같이 그의 운명을 노래한다.

장마가 끝나고 여름과 가을이 오가는 짧은 터울에서 매미들은 기다림의 여한을 아름답게 마무리하고 떠났다. 어느 틈에 옥비녀 꽃몽우리를 물고 옥잠화 꽃대가 고개를 내밀며 가을을 전한다.

매미가 울다 간 자리에는 또 다른 작은 벌레들이 바스락거리며 자리를 잡기 시작한다. 아마 그것들은 그 자리에서 스산한 가을 저녁을 노래할 테고 겨울 한나절의 차가운 눈으로 목을 축일 것이다. 그 다음해 봄날 아침에는 이제 막 피어나는 꽃술에 숨어들어가 꿀을 빨겠지. 그것들은 또 그렇게 달콤한 생명을 서로 나누며 정답고 여유로운 날들을 시작할 것이다.

그리고 칠월 어느 날, 작년에 찾아와 울고 간 매미가 아닌 다른 녀석이 우리 집 소나무에 와서 기세도 당당한 울음을 터트릴 것이다. 자기들의 선조가 그러했듯이 더없이 기쁜 환생의 축복을 위해. 텅 빈 시공을 후회 없이 왔다가는 의미를 위해. 그리고 덧없는 세월을 아쉬워 바라만 보는 우리들에게, 다시 시작하는 저들 짧은 고난의 생을 참선으로 승화하는 담담한 모습을 보여 주기 위해.

아들에게 자장가 가르치기

늦은 나이에 결혼한 아들이 첫딸을 낳았다. 여
간 예뻐하는 게 아니다. 신혼의 단꿈에 젖어 있
던 집이 서서히 아기 물건으로 꾸며지더니 드디어 아예
요정의 집으로 바뀌었다. 아기 침대 위에는 모빌이 잠자
리처럼 맴돌면서 아름다운 멜로디를 들려주고, 햇빛 고
운 아기 방에서는 첫잠 자는 누에 냄새가 난다.

어쩌다 집에 들렀더니 덩치 큰 아들이 어설프게 아기
를 안고 얼러대고 있다. 그 모습이 여간 서툴러 보이는
게 아니었다.

"아기를 그렇게 안으면 어떡해!"

아기를 포대기에 잘 싸서 다시 안겨 주면 금방 또 어린

것의 발이 삐져나왔다.

'자식은 아무나 키우나.'

서툰 게 한두 가지가 아니다. 그래도 제 새끼 예뻐하는 걸 간섭하면 좋아하지 않는 눈치였다. 그래서 될 수 있으면 말을 참는다. 좋다는 아기용품은 모두 사다 늘어놓고 요즘 새로 나온 육아책을 육법전서 펼쳐보듯 하는데야 내 참견이 낄 틈이 어디 있겠는가.

어느 날 아기가 보고 싶어 갔더니 며느리는 보이지 않고 아들 혼자 아기를 재우고 있었다.

"자장자장 우리 아기! 잘도 잔다. 우리 아기!"

옛날 어른들이 하듯 구성진 타령조로 자장가를 부르고 있었다.

"너 무슨 자장가를 그렇게 부르니?"

"왜? 나 이것밖에 모르는데요."

"아니, 너 슈베르트나 브람스의 자장가도 모른다고?"

"응, 모르는데."

나는 깜짝 놀랐다. 자장가를 모르다니, 어린 날 내가 수없이 불러 준 그 많은 자장가는 그렇다 치더라도, 중고등학교 음악시간에 배웠을 노래는 다 어디로 갔단 말인가?

"너 아빠 맞아?"

내가 어쩌다가 제 딸에게 자장가도 불러 줄 줄 모르는 멋없는 아빠로 키웠는지, 갑자기 나는 아이들 정서교육에 무심했다는 자책감마저 들었다.

내 어머니는 옛날 자장가가 뭔지 모르던 시골에서도 할아버지가 읊으시던 당시唐詩 음율을 자장가 삼아 그 소리에 맞춰 우리를 재워 주셨다. 나도 아기를 재울 때 가장 아름다운 자장가 선율에다 혼을 불어넣듯 정성들여 노래를 불렀었다. 특히 슈베르트, 브람스, 이흥렬 같은 유명 음악가의 자장가는 천상에서 들려오는 멜로디 같았다. 그 노래를 듣고 꿈나라로 가는 아기 모습을 보는 것만으로도 엄마의 행복을 느끼곤 했다.

유난히 자장가를 많이 들으며 자란 우리 딸은 서너 살쯤엔 아예 자장가를 신청했다. 노래 중간에 나오는 백 코러스까지 넣더니 나중엔 나랑 합창으로 자장가를 부르기도 했다. 그렇게 자장가는 내가 아이들을 키우는 데 가장 풍요로운 정서가 되어 주었다. 그래서 어머니가 그러셨듯이, 또 내가 그랬듯이, 다음에는 내 아이들이 자기 자식들에게 자장가를 불러 주는 습관이 계속되기를 바랐었다. 그것이 사랑의 전달이라고 생각했다.

나는 아들이 자기 딸에게 불러 줄 자장가를 모른다는 것을 그냥 지나칠 수가 없었다. 생각다 못해 늦었지만 지금이라도 아들에게 자장가를 가르쳐 주기로 마음먹었다. 다행히 며느리는 한두 곡은 알고 있었다.

요즘 젊은 세대들은 아기에게 들려주는 음악을 CD로 대신했다. 낮게 흐르는 물소리와 고요한 바람소리, 혹은 잔잔한 클래식 음악을 엄마를 대신해서 들려주었다. 하지만 이 세상 그 무엇이 아기에게 엄마의 목소리를 대신할 수 있을까? 아기는 이미 배 속에서 엄마의 음성을 알고 있기에 오직 엄마의 달콤한 목소리만이 꿈의 요정에게 데려다 줄 것으로 믿고 있는데 말이다.

자장가 몇 곡의 가사를 적어 아들에게 주었다. 외국 곡으로는 슈베르트와 브람스의 자장가를, 국내 곡으로는 김대현 곡과 이흥렬 곡을 추천했다. 꿈과 별, 꽃과 나비, 포근한 노랫말을 아들과 함께 부르다 보니 무심히 지나온 시간들이 말끔히 정화되어 가는 느낌이었다. 틈만 나면 한 소절씩 따라 부르도록 하고 바쁠 때는 전화로 연습했다.

귀찮다는 표정 한번 짓지 않고 순순히 따라 하는 아들이 신통하고 고마웠다. 그 뒤에 며느리한테서 들은 소식으로는 음정이 좀 맞지는 않지만 아빠 자장가에 딸이 곧잘 잠든다고 했다. 그게 어딘가! 역시 좋은 아빠가 되고 싶기는 한 모양이었다.

들려온다 자장노래 나 잘 때 듣던 노래
나 재우시던 어머니 그리운 어머니
부드러운 자장노래 어린 나를 잠재우시면
하늘의 천사 내려와 내 복을 빌었네.

지금도 이 자장가를 부르면 어머니가 내 가슴을 토닥여 주는 것만 같아 목이 메어 오곤 한다. 어쩌면 자장가는 탯줄로 이어오는 영혼의 소리인지도 모르겠다.

행복을 세일하는 사람

가끔 저녁 무렵에 그에게서 와인 한잔 하자는 전화를 받는다. 약속한 것도 아닌데 연락 받은 동네 친구들이 단골 카페에 금방 모여든다. 문 앞에서 그는 한 손에 와인 병을 들고 다른 손으로는 잔을 건네며 들어오는 사람에게 와인을 따라 준다. 그러잖아도 작은 눈이 하회탈 같은 웃음 속으로 사라진다.

그는 늘 와인을 자기가 산다고 한다. 가진 게 돈과 시간밖에 없다는 농담으로 우리를 편하게 해 준다. 한동네 산 지 삼십 년이 넘었는데 그가 품위 없게 그런 말을 한다고는 아무도 생각지 않았다.

그는 누구와 즐거움을 나누기를 좋아한다. 좋은 친구

를 만나 밥을 산다든가 뜻이 맞는 친구와 연극이나 음악회에 갈 때도 늘 그가 지갑을 연다. 신간서적을 고르고 새로 나온 CD를 사서 친구에게 주기도 하고, 귀여운 아이들 인사도 그냥 받지 않는다. 이런저런 일로 하루의 '즐거운 헌금'을 다 쓰고 나야 그의 하루가 끝이 난다. 어떤 때 하루가 허전하다 싶으면 동네 친구들을 불러 와 인을 나누는 것으로 하루를 닫기도 한다.

그는 이름 있는 건축가다. 골동품 가게 같은 그의 집 마당 한쪽에는 작은 무인 커피숍이 있다. 안면 있는 사람들이 오가면서 들러 커피를 만들어 마시면서 이러저런 이야기를 놓고 간다. 작업실에는 그가 만들었거나 손때 묻은 오래된 스피커와 유명한 가구들이 아무렇지 않게 놓여 있는데 잘 진열된 것보다 훨씬 멋지다. 담도 없어 누구나 들어갈 수 있는 그의 집은 오래된 동네 사랑방 같은 미술관이다.

누구든 시간과 마음의 여유가 있을 때는 함께 모여 여가를 즐긴다. 한때 명강의로 날렸던 노교수들이나 유명작가, 미술가도 무료한 시간을 거기서 보내기를 즐거워한다. 그는 항상 무엇을 만들고 무엇을 기획하면서도 말은 "그냥 장난 좀 했다"고 한다. 자신의 창의력과 창작품을 장난이라고 즐겨 표현한다.

언젠가 내가 물었다. 적은 돈도 아닌데 하루에 지인들과 쓰는 지출이 부담스럽지 않느냐고. 그는 정색을 하고 탁자 위에 펜과 종이를 꺼냈다. 앞으로 자기가 몇 년이나 더 살 것 같냐며 열심히 계산을 했다. 하루에 친구들과 쓰는 액수에다가 자기가 살 날들을 곱했다.

"거 보세요, 아무나 할 수 있는 건 아니잖아요?"

내 말이 떨어지기가 무섭게 그는 숫자가 적힌 종이를 내 코앞에 바짝 대고,

"이 액수가 정말 많다고 생각해요? 계산대로 인생이 가던가요?"

흥분한 표정으로 그는 종이를 흔들었다. 거기에 계산한 숫자는 자기가 전부 쓸 수 있는 예정된 금액이 아니라는 것이었다. 경우에 따라 시간이 짧아지면 그보다 훨씬 적어질 것이고, 늙어서 거동이 불편하고 친구가 줄어들면 그 돈은 쓸 수 없게 된다는 거였다. 자기가 계산한 세월은 어쩌면 며칠 후에 끝날지도 모를 일이라고 했다. 그렇게 되면 지금 쓰고 있는 하루의 비용은 오히려 삶을

즐겁게 사는 데 비하면 아주 적은 것이라고 말끝을 흐렸다.

오래전 그는 회사에서 같이 일하던 직원의 잘못으로 거의 전 재산을 잃게 될 곤경에 처했었다. 재산도 그랬지만 예술에 대한 열정에도 큰 상처를 입었다. 그때도 그는 평소와 다름없이 아무렇지도 않게 지냈기 때문에 나는 그의 고뇌를 눈치채지 못했다.

어느 날 그의 미술관에서 큰 행사가 열렸다. 행사장에는 이런 현수막이 걸려 있었다.

'내 전 인생을 세일합니다.'

나는 그의 혼이 펄럭이는 듯한 그 플래카드를 보며 신선한 충격을 받았다. 그날 그는 허물 벗은 나방처럼 맑고 개운한 모습이었다.

전시회에는 그가 만든 작품, 평생 세계 각국을 다니면서 수집한 가구, 그릇 그리고 귀한 예술품과 그림, 엄청나게 큰 악기들이 전시되었다. 안목 없이는 아무나 쉽게 구할 수 없는 것들이어서 더욱 이채로웠다. 평소 그의 작품을 좋아하던 친구들과 동네 사람들은 그 희귀한 전시품을 놓치지 않았다.

뒤에 들은 이야기로는 상상외로 호응이 좋았던 그 전시

회는 많은 화제를 낳았다. 그리고 수익금으로 어려운 예술가들에게 큰 도움을 주었다고 들었다.

많이 가지고 있다는 건 그만큼 얽혀 있는 것과 같다는 어느 스님 말씀이 생각났다. 가진 것에 얽매이지 않고 털어 버리는 그가 인생을 진정으로 멋지게 사는 사람이라는 생각이 들었다. 그리고 자기 삶을 즐겁게 정리할 줄 아는 지혜와 용기를 가진 사람이 내 곁에 있다는 것도 자랑스러웠다.

그는 오늘도 거기에 있다. 그 박물관에서 그날 만나는 사람들을 위해 지갑을 열고, 아직도 납작한 분홍색 야구모자를 쓰고, 여러 사람들과 예술의 안목에 대하여 이야기한다. 그리고 여전히 지인들에게 와인을 권하면서 예쁜 손자들과 살아가고 있다. 그가 그리울 때면 우리는 언제든지 지금도 그곳에 간다.

요즘 화제는 건강이다. 병원을 잘 찾지 않는 그에게 우리는 늘 권한다. 늦지 않게 병원에 가서 검진을 받자. 그래야 좋은 사람들과 즐겁게 오래 살 것 아니냐. 그러면 그는 퉁명스럽게 화를 낸다.

"왜 새지도 않는 지붕은 쑤시고 다녀?"

"그러다 지붕 무너지면 어쩌려고?"

우리가 반박하면 그는 천천히 그리고 단호하게 말한다.

"아프지 않다고 생각하면서 사는 하루하루처럼 행복한 일이 또 어디 있어!"

실눈이 아예 감긴다.

우리는 그의 행복 세일기간이 제발 오래갔으면 좋겠다.

4.

오늘 같은 밤

잠이 오지 않는 밤은 막차를 놓친 승객처럼 난감하다. 갈 길을 가지 못해 끝이 잘려 버린 하루, 회전목마 위에서 내려오지 못하고 끝없이 도는 두려움, 오늘에서 내일로 건너야 할 출렁다리 위의 위태로움, 나는 이런 밤이면 친구를 찾곤 한다.

얄팍한 치즈 한 조각에 이미 누군가가 뚜껑을 열어 본 김빠진 소주 한 병. 오늘밤 같이 보낼 친구들이다. 어차피 김빠지기는 그나 나나 한가지다. 비싼 위스키보다, 멋진 와인보다도 이 밤에 어울리는 건 소주가 최고다.

하기는 나는 술을 잘 모른다. 소주는 더욱 그렇다. 얼마나 마시면 언제쯤 취하는지 그걸 모른다. 그래서 속내를 들키지 않으려면 혼자 마실 수밖에 없다. 작은 잔으로 한 번 또 한 번, 생각을 붓고 외로움을 채워 마신다. 쌉쌀한 이 맛을 참아야 하는 건지, 술과 내가 만나 무슨 짓을 할지 걱정도 된다. 하지만, 오늘밤은 도망가 버린 내 잠을 찾는 일로 술과 동행하려 한다.

병 밖으로 줄어드는 술금이 작은 물결처럼 출렁인다. 한 병에 일곱 잔밖에 안 된다니 아껴 마셔야 한다. 반쯤 마시면 그때부터 내 실핏줄을 타고 술이 흐르는 소리가 들린다. 그것은 시냇물 소리같이 고요하다가 음악처럼 감미롭다. 어느새 나는 곁에서 서성이던 외로움과 손을 잡고 춤을 춘다. 한참을 춤사위에 취하다 보면 병 바닥이 보일 만큼 술이 잘박해진다.

그런데 느닷없이 눈물이 나온다. 딱 여섯 번째 잔에서인가 보다. 거기에 내 눈물이 숨어 있을 줄이야. 내가 기다린 건 오지 않는 잠이었는데, 아니 떠나 버린 시간이었는데, 왜 약속도 없는 눈물이 날 찾아오지?

나는 마지막 잔을 놓고 재빨리 잠을 안고 침대로 들어간다. 그런데 눈물도 따라온다. 내가 눈물을 흘리지 않고 술을 더 마실 수만 있다면 오늘밤 포근하게 잘 수 있었을 텐데, 나는 그게 잘 안 된다.

이런 밤이면 그가 생각난다. 그는 칵테일을 잘 만든다. 쉐이커에 토닉워터와 진, 얼음을 넣고 바텐더처럼 멋지게 흔든다. 유리컵에 빨간 체리와 녹색 올리브 열매를 넣고 레몬 조각을 나비처럼 꽂는다. 예쁜 냅킨으로 감싼 진토닉 한 잔을 소중한 선물을 주듯 내게 건넨다. 시원하고 달콤한 음료수 같다. 칵테일은 좀처럼 취기가 오르지 않는다. 얼음이 녹고 알코올은 희석되기에 분위기 맞춰 취하고 싶을 때까지는 지루한 술이다.

여기에 비하면 '스카치위스키'나 '마티니'는 열정적인 남자같이 적극적으로 사람을 사로잡는 맛이 있다. 그래서 그가 가끔 나를 취하게 하고 싶을 때는 배가 불룩한 유리잔에 코냑을 따라준다.

"이 술엔 아무것도 타면 안 돼. 잔 속으로 코를 깊숙이 박고 냄새를 마시듯 조금씩 혀로 핥아 봐! 그래서 이름이 코냑인 거야."

은근히 마시기를 채근하지만 나는 그의 유혹에도 말똥한 눈으로 무표정하게 쳐다보기만 했다. 나는 술 분위기를 맞추기에 서투른 멋없는 여자였다.

이번에는 와인을 설명하기 시작한다. 와인은 눈으로 빛깔을 감상하라, 코로는 냄새를 즐기고, 혀로 맛을 느끼라고 한다. 와인은 그 해의 기후를 참조해 나라와 지방, 연도와 숙성 과정을 알아보고 선택해야 좋은 것을 고를 수 있다고 한다. 코르크 마개가 온전하게 빠져나와 촉촉하게 젖어 있는 것이 좋은 와인이란다. 그것이 부스러지거나 제대로 빠져나오지 않았을 때 손님이 고개를 가로저으면 아무리 비싼 와인이라도 당연히 다른 것으로 바꿔 준다고 한다.

마시기 전에는 반드시 '디켄딩'(목이 좁은 특수 유리병에 와인을 붓고 공기를 빼는 것)을 해야 진정한 와인의 맛을 느낄 수 있단다. 또 와인을 상대방이 따라줄 때는 잔을 테이블 위에 놓고 받아야 예의라고 한다. 맨 마지막에는 디저트로 '아이스 와인'을 마신다. 그건 포도를 여름에 따지 않고 오래 두었다가 건포도같이 쪼글쪼글해진 포도로 담근 술이란다. 그 맛은 꼭 진한 포도 시럽같이 달아 혀에 엉겨붙는 듯하다.

어떤 때는 재미있는 내기도 했다. 와인 한 병을 다 마시고 비어 있는 상태에서 병을 거꾸로 세우면 와인을 몇 방울이나 더 떨어지겠느냐는 것이다. 내가 머뭇거리며 "일곱 방울쯤?" 하면, 자기는 이 내기로 공짜 와인을 많이 얻어먹은 실력이라고 자랑하면서 "스물한 방울"이라고 자신 있게 말했다. 나는 그걸 확인하려고 다 마신 빈 와인병을 팔이 떨어지도록 들고 있었지만 한 번도 그 숫자를 정확하게 맞힌 적은 없다.

늘 그렇게 술과 사람은 서로 착각 속에서 동행하는 것 같다. 하지만 나는 착각이나 불균형보다 균형을 더 좋아한다. 바흐의 '평균율'처럼 높고 낮음도 없이 이음과 조화로운 반복이 생활 속에서도 이루어지기를 바라기 때문이다.

어떤 땐 나도 쉽게 사람들과 술자리에 끼어들고 싶을 때가 있다. 주는 대로 마시고 취기가 돌면 실수도 하고 아무 말이나 내뱉을 수 있으면 얼마나 좋을까. 그렇게 해도 후회스럽지 않았으면 얼마나 좋을까. 오늘 같은 날이 그런 날이고 그런 밤이다.

어릴 적 내가 배 아프다고 하면 할머니는 술지게미에 꿀을 섞은 뚝배기를 화롯불에 얹어놓고 호호 불면서 한 수저씩 떠먹여 주셨다. 달큼한 맛에 연거푸 받아먹다가 정신이 혼곤해지면 배 아픈 것도 잊어버리고 깊은 잠에 빠져들었다. 내가 잠에서 깰 때는 언제나 할아버지와 할머니께서 다투고 계셨다. 어린것에게 술을 먹이면 어떻게 하느냐는 할아버지의 역정에 그건 술이 아니고 배앓이 약이라고 우기는 할머니와의 언쟁이었다. 그러나 그때 할머니의 술지게미는 내 배앓이를 씻은 듯이 낫게 해 주었다.

오늘 같은 밤엔 여러 가지 술보다는 역시 할머니의 달큼한 술지게미 약술이 최고일 것 같다. 화로에서 끓던 술. 그 술이 그리워지는 밤. 오늘이 그런 밤이다.

게국지 레시피

가을로 접어들면 나는 마음이 바빠진다. 잠깐 보이다가 없어지는 게국지漬 재료를 찾기 위해 시골 텃밭 뒤지듯 재래시장을 누벼야 하기 때문이다.

게국지 재료는 우거지 같은 잎채소나 고추, 호박, 끝물에 맺혀 남들은 거들떠보지도 않는 허접스런 것들이다. 그런 것들은 재래시장 말고는 눈에 잘 띄지도 않는다.

게국지는 충청도 지방의 토속김치다. 여느 김치와 달리 찌개용으로 담는 것이어서 진하고 구수한 맛을 내는 재료를 찾아야 하는데, 그 맛은 대개 끝물 야채나 열매에 들어 있기 때문에 재래시장을 뒤지고 다녀야 한다.

우선 제일 신경 쓰는 건 가을 추수 때쯤에 잠깐 나오는 까맣고 작은 민물새우다. 구월이 되면 재래시장 이곳저곳을 다니면서 이 새우를 수소문해 보지만, 오염되지 않은 곳에서만 사는 이것들을 구하기가 쉽지 않다. 요즘엔 중국산도 반갑다. 어렵사리 구한 새우는 팔팔 끓는 물에 살짝 데쳐 디스토마균을 제거한 다음 소금에 절여 둔다. 이 새우를 넣어야 게국지 끓일 때 맛이 담백하고 단맛을 낼 수 있기 때문이다.

다음엔 늙은 호박이다. 예쁘고 잘생긴 호박이 아니다. 산 끝자락에 복이 맺힌다 했던가. 호박도 덩굴 끝에 늦게 맺는 호박에 단맛이 들어 있단다. 그래서 남들이 다 따고 남은 끝물에 할머니 베개처럼 길쭉한 호박을 찾는다. 늦게까지 밭고랑에 누워 달디단 가을 햇볕을 듬뿍 받아 뽀얀 분가루가 나온 호박을 찾아 가끔 시골 장까지 원정을 가기도 한다. 그래도 구하지 못할 때는 납작한 맷돌호박을 살 수밖에 없다. 마음에 드는 재료를 구하지 못하면 여간 속상한 게 아니다.

늦가을 재래시장에는 가을 햇볕에 깊은 맛이 든 야채들이 각지에서 쏟아져 나온다. 봄부터 가을까지 후미진 곳에서 햇빛과 비바람만 맞고 자란 야채들이 촌색시처럼 끌려 나온다. 지푸라기에 묶여 있는 못생긴 그것들을 보면 어릴 적 친구 보듯 반갑다. 어떤 땐 어린 시절이 생각나 밭두렁에 두 다리 뻗듯 장바닥에 앉아 이것저것 고르느라 시간 가는 줄 모른다.

늦게까지 고춧대에 매달려 있던 울긋불긋한 고추, 잎이 많이 붙어 있고 키가 작아 야무진 총각무를 보면 반갑다. 반가운 것은 그것만이 아니다. 겉잎이 푸르고 속이 차지 않은 배추도 그렇다. 그런데 흔하던 무청이 요즘에는 비타민 D와 섬유질이 많은 건강식품으로 소문이 나면서 아는 집에 특별히 부탁을 해야 한다. 전에는 김장이 끝난 밭에 지천으로 널려 있어 거들떠보지도 않았는데 지금은 귀한 대접을 받는다.

요즘 서울로 올라오는 야채는 산지에서 깨끗이 다듬어 오기 때문에 겉잎이나 흙 묻은 야채가 별로 없다. 흙이 묻지 않은 야채는 생명의 냄새가 나지 않아 공장에서 만든 공산품 같아서 정이 가지 않는다.

중요한 것은 젓국이다. 게국지는 반드시 게젓국으로 담가야 한다. 요즘에는 간장으로 게장을 만들기 때문에 간장 게젓국을 넣는다. 곰삭은 황석어젓이나 서해안에서 나오는 곤쟁이, 아니면 묵은 새우젓도 섞어 쓴다. 예전에 게젓은 충청도 서해안 지방에서 오월 산란 직전에 잡은 게를 끓인 소금물을 식혀서 게장을 담갔다. 그리고 여름내 싱싱한 게를 여러 차례 소금물에 넣어 밑반찬으로 쓰고 가을까지 진해진 젓갈로 게국지를 담갔다. 그래서 지방에선 게국지라 부르기도 하고, 늙은 호박으로 담근다고 해서 호박지라고도 한다.

우리나라 김치 종류는 이백여 가지나 된다고 한다. 지방마다 재료의 특성을 살린 고유한 내림김치까지 하면 그 수를 헤아릴 수 없을 것이다. 그중 게국지도 오랫동안 전수되어 온 우리나라 김치 중 한 가지일 게다. 요즘에는 특별한 맛이라면서 이 김치가 가끔 매스컴에 소개되기도 하는데, 원래 담는 방식에서 많이 왜곡되어 있어 안타까울 때가 많다.

김장하는 날, 나는 다른 김치를 먼저 담고 게국지는 맨 마지막에 담근다. 여름부터 가을 내내 정성 들여 준비한 재료를 빠짐없이 챙겨야 하기 때문이다. 행여 잘못될까 누구에게 시키지도 못한다. 파, 마늘, 생강 등 기본 양념은 물론이다. 거기에 꾸들꾸들 말려 놓은 붉고 푸른 고추는 씨를 대강 빼서 거칠게 찧어 놓는다. 우거지 맛이 나는 순한 색깔을 내기 위해서는 통고추와 머리가 큰 쪽파를 절구에 거칠게 찧어 넣어야 제 맛이 나지만, 요즘엔 그냥 커터로 갈아쓴다.

청양고추도 조금 넣는다. 빨갛고 고운 고춧가루는 이 김치에 어울리지 않는다. 큼직하게 썰어서 절여 둔 호박도 물을 빼서 듬뿍 넣는다. 절인 무청, 총각무, 배추 겉잎도 먹음직스럽게 길게 자른다.

모든 재료를 일부러 엇비슷이 썬다. 어머니는 김장할 때 다른 김치를 담고 남은 재료로 게국지를 담갔기 때문에 모양이 못생기고 거칠었다. 그러나 지금은 일부러 게국지 거리를 장만하다 보니 될 수 있으면 야채들을 못생기게 썬다. 그래야 진짜 게국지처럼 자연스러워 보이고 맛도 비슷할 것 같아서다.

절여 둔 민물새우와 삭힌 고추, 청각도 빼놓지 않는다. 마지막으로 갓이나 쪽파를 넣는다. 그리고 게젓국에 여러 젓국을 섞어 만든 나만의 특별한 '게국지 젓갈소스'로 마지막 버무림을 한다. 이 소스는 어머니에게 손대중과 눈대중으로 내려받은 비밀스런 진액이다. 아이들도 배우려 하지만 할 때마다 달라서 어렵다고 한다.

몇십 년 내 손으로 이 김치 맛을 이어오면서 아직도 순수한 어머니의 맛에 누가 되지 않을까 걱정이다. 내 맛을 '고의적 순수'라 해도 할 말은 없다. 올해 게국지 맛은 어떨까? 어머니의 맛과 얼마나 비슷할까? 기대 반 걱정 반으로 콧등에는 늘 땀이 맺힌다.

게국지를 다 담그면 나는 먼저 택배 아저씨를 불러 오빠 댁에 보낸다. 이 김치를 유난히 좋아하는 오빠를 위해 올케가 여러 번 시도해 봤지만 번번이 실패했다고 한다. 맛이란 살아온 세월과 같이 묻어 오기 때문에 쉽게 익숙해지지 않는가 보다.

오빠는 어머니 손맛을 기다리듯 내 게국지를 기다린다. 나도 그 역할에 늘 뿌듯함을 느낀다. 조카들까지 얻어 가고 싶어 하니 맛의 깊이는 가풍과 동행하나 보다. 그런데 며느리들까지도 좋아하니 참 신통한 일이다. 외국에 살고 있는 딸은 내가 갈 때마다 다른 것은 다 그만두고 게국지는 꼭 가져오라고 부탁한다.

그래서 애들에게 게국지 끓이는 방법까지 알려 주느라 잔소리가 많아진다. 잘 담근 김치를 찌개를 잘못 끓여 맛을 잃을 수는 없지 않은가.

"마른멸치, 말린 표고, 다시마로 끓인 맛국물을 넉넉히 만들어라. 막 담은 게국지도 익어가는 대로 찌개를 해 먹으면 된다. 냄비에 적당량의 게국지를 넣고 들기름과 콩기름으로 볶다가 맛국물을 넣으면서 천천히 오래 끓인다. 거의 끓어 갈 때 양파를 넣고 마지막으로 백포도주나 정종을 듬뿍 넣어 특유의 냄새를 걷어낸다. 돼지고기나 소고기를 넣고 볶다가 쌀뜨물을 붓고 함께 끓여도 별미다. 한번 끓여 놓으면 잘 변하지 않아 여러 번 먹을 수 있어 밑반찬 찌개로도 그만이다."

이러다 보니 내가 무슨 게국지 '무형문화재'라도 된 듯 우쭐해진다. 그래서 아이들에게도 가르쳐 보려고 하는데 쉽지 않다. 다른 음식처럼 곁에서 보고 거들면서 배울 수 있는 김치가 아니다. 때맞춰 재료 준비도 해야 하고 그것들의 뒷간수도 만만치 않다. 게다가 손맛은 하루아침에 나는 게 아니라 오랜 경험 속에 숨어 있기 때문이다.

아이들이 이 맛을 그리워하며 스스로 담가 먹기를 기대해 보는 수밖에 없을 것 같다. 그리고 여름부터 가을까지 좋은 재료를 찾아 재래시장을 누비며 그 즐거움에 푹 빠져야 하는데, 누가 그렇게 할지 모르겠다.

문득 누군가 이 '계국지 레시피'를 읽고 맛있는 계국지를 담근다면, 그동안의 내 수고가 헛되지 않을 것 같다. 그리고 내가 이 김치의 맥을 이어주는 전달자가 되지 않을까 생각하니 흐뭇하기도 하다.

어머니의 열쇠 소리

대여섯 살 계집아이가 마당에서 소꿉장난을 한다. 오목한 사금파리로 만든 광 안에는 모래 쌀이 가득하다. 납작한 돌멩이로 만든 부뚜막에 조개껍데기 솥을 걸고 밥을 짓는다. 풀을 뜯어 김치 담고 진흙 된장찌개를 끓이느라 콧등에 땀이 맺힌다.

마침 지나던 스님 한 분이 아이 노는 모습을 물끄러미 지켜보다가 한마디 하신 말씀.

"에이 고것 참! 커서 뉘 집으로 시집갈지 살림 한번 맵쌀하게 하겠구나!"

이 말은 외할머니가 두고두고 우리에게 말씀하시던 어머니의 어린 시절 이야기다.

그 스님의 예견은 맞았다. 어머니는 열여덟 살에 종가집 맏며느리로 시집을 오셨다. 학자로만 사셨던 할아버지와 일찌감치 며느리에게 곳간 열쇠를 넘긴 할머니를 모시고 어머니는 어려운 시집살이를 시작하셨다. 더구나 첫 아들을 낳자마자 아버지마저 일본으로 유학을 떠나고 집안의 대소사는 어머니 몫이 되고 말았다.

내가 태어난 어머니의 사십 대 초반은 우리 집이 번성하던 시기였다. 그즈음 아버지는 일본에서 배워 온 신지식과 문물을 운용하여 가산 늘리는 데 몰두하셨다. 집안은 매일 일과 사람들로 북적댔다.

그 와중에 아버지는 자식들을 도회지로 진학시켰다. 우리는 어머니 곁을 떠나지 않으려 떼를 쓰고, 아버지의 지시에 아무 말씀도 못하시던 어머니는 자식들을 떠나보내느라 눈물이 마르지 않았다. 그래서 우리 형제들은 평생 동안 고향에서 어머니와 함께 산 세월이 방학을 빼고 십여 년밖에 되지 않는다. 후일 살아가면서 그것이 두고두고 애달픈 과거사가 되기도 했다.

어머니에 대한 나의 첫 기억은 열쇠 소리다. 어릴 적 내가 본 어머니의 앞치마 끈에는 언제나 열쇠 꾸러미가 묶여 있었다. 집안사람들은 물건이 필요할 때마다 어머니를 찾아다녔고, 어머니 열쇠 꾸러미는 워낭 소리처럼 짤랑대며 어머니가 가는 곳은 따라다녔다. 그 소리는 하루 종일 집안을 돌고 또 돌았다.

나는 마루 끝에 앉아 어머니가 마른 광에서 쌀을 퍼담거나 젖은 광 큰 항아리에서 막걸리를 걸러내거나 부엌에서 또 대청마루로 부지런히 돌아다니는 모습을 눈으로 따라다녔다. 머리에 흰 수건을 쓰고 쉴 새 없이 일하시던 어머니를 움직이는 그림책 보듯 혼자만 바라보는 것이 참 좋았다.

내가 열 살쯤 되던 해 여름, 심한 학질에 걸렸다. 열이 끓고 토하기만 했다. 치료로도 효과가 없자 어머니는 뻐꾹새가 유난히 울던 새벽녘에 나를 삼베 홑이불로 씌워 들쳐업고 산길을 내달렸다. 한참을 산속으로 들어가다 나를 내려놓은 곳은 어느 무덤 앞이었다.

어머니는 이슬에 흠뻑 젖어 있는 봉분 위에 홑이불을 깔고 나를 앉혔다. 그리고 뒤로 굴러 재주를 세 번 넘으라고 하셨다. 나는 무섭고 겁이 났지만 나를 업고 산길을 내달리느라 땀에 젖은 어머니의 얼굴을 보니 어쩔 수 없었다. 봉분 위에서 아래로 구르고 다시 올라가서 또 굴렀다.

세 번을 구르고 나니 온몸은 땀과 잔디로 뒤범벅이 되었다. 그런 나를 어머니는 꼭 안으면서 약을 써도 낫지 않는 학질을 떨어지게 하려고 그랬으니 놀라지 말라고 하셨다. 학질이란 놈은 무서움을 잘 타서 무덤에 오면 도망간다는 민간요법을 어머니는 믿고 계셨었다.

그날 처음으로 나는 혼자서 어머니를 독차지했다. 늘 일에 매이고 많은 형제들을 보살피느라 누구 하나에게 특별한 사랑을 주지 못했던 어머니의 등에 업혀 산길을 내려오면서 나는 그 따뜻한 포만감에 푹 젖어 있었다. 쪽찐 머리에서 은은히 배어나던 어머니 머리 냄새, 땀에 젖은 촉촉한 등의 촉감이 아늑했다.

어머니는 칠흑같이 검고 긴 머리를 가르마로 반을 갈라 길게 땋아서 어른 주먹만 한 쪽을 찌셨다. 낮에 일할 때는 언제나 흰 수건을 쓰다가 저녁때 일이 끝나면 수건을 벗었다. 그럴 때마다 살며시 새어나던 동백기름과 땀이 섞인 시큼한 냄새는 어느 것도 대신할 수 없는 내 어머니 냄새였다.

어머니는 어떤 일에도 불평하는 법이 없었다. 어떤 경우에도 목소리를 높이지 않았고 화를 내지도, 그렇다고 크게 웃지도 않았다. 나는 한 번도 어머니가 누구와 다투는 것을 본 적이 없다. 성품이 강한 아버지의 역정에도 대꾸하거나 거스르는 법이 없었다.

또 어머니는 연로하셔서 치아가 성치 않은 시부모님을 위해 무를 삶아서 깍두기를 담글 만큼 효성도 지극하셨다. 가끔 이런 어머니의 모습을 곱게 그려보고 싶었지만 형제 중 거의 끝에 태어난 나는 어머니의 애환을 잘 기억해 낼 자신이 없는 것이 늘 아쉬웠다.

그런 어머니도 달 밝은 여름밤이면 밀짚방석 위에서 다리미질을 하며 가끔 부르던 노래가 있었다.

석탄 백탄 타는데에 연기만 포 봉 퐁 나고요.
요 내 가슴 타는 데에 연기도 김도 안 나누나.

비릿한 냄새가 나던 어머니 삼베 앞치마를 덮고 여름밤 별을 헤던 나는 찌르레기 울음처럼 끊어졌다 이어지던 어머니의 구슬픈 노랫가락에 공연히 눈물이 났다.

아버지가 일본으로 떠나고 오랫동안 소식이 없던 때 부르던 노래라고 했다. 아버지로부터 연락이 끊긴 지 오 년쯤 되었을 때 동네 아주머니가 어머니에게 더 이상 기다리지 말고 재가하라고 권했단다. 고된 시집살이에도 잘 견뎌 내던 어머니가 그 이야기를 듣고 눈물로 밤을 지새웠다고 말씀하셨다.

어린 시절 어머니와 논둑길을 걸어가다 빈 우렁이 껍데기가 떠내려가는 걸 본 적이 있었다. 마치 쪽배처럼 기우뚱거리며 물결 따라 흘러가는 모양이 하도 이상해 어머니에게 물었다. 어머니는 심란한 어조로 이렇게 말씀하셨다.

"저 껍데기는 어미 우렁이란다. 배 속에 아주 많은 새끼를 낳아서 키웠지. 새끼들은 다 클 때까지 어미 몸을 파먹고 자랐단다. 그 새끼들이 다 커서 몸 밖으로 나왔을 땐 이미 어미 몸은 빈 껍데기가 되었고 어미는 죽어서 떠내려가는 거란다."

잠시 뜸을 들이고 난 어머니가 말을 이으셨다. 그것도 모르는 새끼들은 이렇게 소리지른다고 했다.

"우리 어미 시집가네!"

그때는 그게 무슨 의미인지 몰랐다.

많은 세월이 지나고 내가 그즈음이 되어서야 비로소 어머니가 하시던 말씀을 알 것 같다.

오래전부터 들리지 않던 열쇠 소리와 찌르레기 울음 같던 어머니 노랫소리가 다시 들린다. 그리고 시큼했던 어머니의 그리운 머리 냄새도 세월 사이사이에서 다시 배어 나온다.

한 조각 아몬드 케이크 같은

동생에게서 전화가 왔다. 근사한 찻집을 알고 있으니 차를 사겠다는 것이었다. 다음 날 약속 장소에는 뜻밖에도 언니와 올케까지 나와 있었다.

동생은 우리를 데리고 창덕여고 옛길로 앞장서서 걸었다. 예전엔 덕성여고 담 너머로 해맑은 여학생들의 노랫소리가 들려왔는데, 그날은 길가에 늘어선 가게에서 여학생들이 참새처럼 조잘대는 소리가 들렸다.

한참을 올라가니 흰 페인트로 '복수탕'이라 쓴 높은 굴뚝이 보였다. 예전에 내가 다니던 목욕탕이었다. 어쩐지 기억의 초점이 맞춰지는 듯했다. 까만 교복을 입은 학생들이 몰려 들어가던 경기고 교문에는 '정독도서관'

이란 간판이 붙어 있었다.

"어느 쪽?"

동생은 묻는 말엔 대답도 없이 옛날 경기고 후문 쪽으로 나가는 좁은 골목길로 들어섰다.

"어?"

내가 짧은 호흡을 내뱉자 동생이 손가락을 입에 갖다 댔다. 그 골목을 빠져나가면 왼쪽으로 청와대가 훤히 내려다보이고 삼청공원 가는 길이 한옥 담을 따라 뱀처럼 길게 구부러져 있다. 그리고 오른쪽 첫째 집, 생각이 거기까지 미치자 나는 급히 그 집 앞으로 다가갔다. 그 집은 아직도 한옥인 채 그 자리에 있었다. 대문 앞에 놓인 돌계단을 올라서니 '차 마시는 뜰'이라는 현판이 솟을대문에 높이 붙어 있었다.

순간, 오래된 필름이 고장 난 영사기에 엉켰다 풀어지듯 빠르게 돌아갔다. 거긴 내 꿈과 사랑이, 이십 대의 찬란한 청춘이 머물던 삼청동 35-24, 바로 내가 살던 옛집이었다.

뒤따르던 언니들은 밀린 이야기에 주변을 살펴볼 겨를도 없이 대문 안으로 들어섰다.

"언니, 여기가 어딘지 모르겠어요?"

"왜, 아는 사람 집이가?"

언니들은 상황 판단을 못하고 나를 멍하니 쳐다보며 물었다. 올케는 내가 이 집에서 결혼하고 떠난 후에도 십 년을 더 살았으니 이십 년 넘게 살았는데도 옛집을 알아보지 못했다. 나는 언니를 데리고 길가로 내려갔다.

"여기는 세탁소 자리, 여기는 문방구, 또 여기는….."

여기까지 설명하자 언니는 소스라치게 놀라더니 다급하게 그 집 안으로 뛰어들어갔다.

그 집은 미음자 한옥 구조 그대로였다. 하지만 사방 벽은 모두 유리로 바꾸어 멀리 청와대가 방 안에서도 훤히 내다보였다. 안방, 부엌, 응접실을 넓게 터서 마루를 깔아 메인 홀을 만들고, 거기서 예쁜 다과상을 마주한 손님들이 전통차와 다과를 들고 있었다. 옛날엔 돌담이 아늑하게 둘러 있었고 지붕 밑 작은 창틈으로 서쪽 햇살이 비쳐 아늑했는데, 지금은 유리를 통해 밖에서 안을 들여다보는 것 같아 편치 않았다.

수도가 있어 식구들이 씻기도 하고 빨래와 김장도 하던 깊은 앞마당은 정원으로 만들어 꽃들이 한창 피어 있었다. 늦게 들어오는 날 식구들에게 들키지 않으려고 구두를 벗어들고 고양이걸음 하던 타일 바닥도 없어졌다. 대문 왼쪽에 있던 내 방은 고가구로 꾸며서 '특실'이라는 작은 팻말이 붙어 있었다. 음악을 듣고 공부하며 친구들과 밤을 새우던 내 방, 대문이 가까워 내게 비밀스레 찾아오던 친구들이 좋아하던 거긴 예전처럼 지금도 역시 '특실'이었다.

어느 날 동생 지인이 삼청동에 찻집을 열었다며 초대했단다. 그분이 데려간 찻집이 바로 옛날 우리가 살던 이 집이었다. 전통 찻집 '차 마시는 뜰'은 잡지에도 소개되어 유명세를 탔다는데, 우린 그걸 전혀 몰랐다. 동생은 우리에게 비밀로 해서 놀라게 해 주고 싶었단다. 그날 우리는 동생 덕에 세월 속에 묻어 두었던 소중한 보물을 찾은 기분이었다.

그 뒤 형제들은 마치 자기들의 숨겨 놓은 사설 박물관이라도 되는 것처럼 아이들이나 친지들을 데리고 가서 젊은 날 아름다운 추억을 들려주느라 신이 났다.

나는 그곳에서 꿈 많은 대학 시절과 호기심으로 설레던 첫 직장 시절을 보냈다. 젊음을 만끽했고 오만과 패기로 아름다운 사랑을 구가하기도 했다.

이렇게 다시 찾은 삼청동 집은 나에겐 행운의 선물 같았다. 나는 그 집이 〈미스 브릴(Miss Brill, 캐서린 맨스필드)〉의 '아몬드 케이크 같은 집'이라는 생각이 들었다.

그녀는 저녁나절이면 늦게까지 혼자 공원 벤치에 앉아 있었다. 그러다가 사람들이 하나둘 일어서면 집으로 향했다. 동네 어귀 빵집에 들러 언제나 아몬드 케이크 한 조각을 샀다. 그런데 어쩌다가 케이크에 아몬드가 들어 있는 날이면, 그녀는 행운이 찾아온 날이라고 몹시 기뻐했다.

고독한 그녀를 행복하게 해 주었던 아몬드 케이크 한 조각 그것처럼 삼청동 집도 나의 인생에서 아몬드가 들어 있는 한 조각 케이크처럼 행복을 안겨 주었다. 그래서인지 삼청공원을 산책할 때면 미스 브릴과 마주칠 것 같은 생각이 들었다. 그리고 숲 속 곳곳에서 과거 속에 있던 실루엣들이 하나둘 내 앞으로 다가섰다.

하얀 재킷에 금실 견장을 달고 진해 바닷바람을 몰고 방학이면 찾아오던 해군사관생도 J. 그는 우정을 사랑으로 바꾸자고 졸라댔지만 우리는 그렇게 하지 못하고 말았다.

긴 바바리코트를 즐겨 입고 삼청공원을 산책할 때마다 학구적인 대화로 나에게 열등감을 주었던 영문학자 B. 경기고 후문, 좁은 골목 세 번째 집에서 내 등교시간에 맞춰 창문을 열고 긴 연애편지를 매일매일 던져 주던 K.

그러나 이들 중 한 사람. 때로는 돈키호테처럼 엉뚱했고 때로는 세상 모든 것이 나를 사랑하기 때문이라고 억지를 부리며 우겨대던 사람, 그 시절 만일 삼청동 우리 집 앞에 CCTV가 있었다면 제일 많이 찍혔을 내 영혼을 훔친 사람, 그 사람이 청홍 함보자기에 내 사주단자를 들고 오던 날, 그날 이후 내 구둣소리는 삼청동 골목에서 더 이상 들리지 않았다.

삼청동 집, 아니 이제는 '차 마시는 뜰'이 된 집. 그 집은 내 인생에서 한 조각 아몬드 케이크다. 미스 브릴이 그것을 행운이었다고 자축하듯 나도 그렇게 그 집과 함께 행운이었던 그 세월을 자축하고 싶다.

아름다운 인연은 사랑을 타고

지난여름 자카르타에 갔을 때 조카사위 전 서방이 그 아이 사진을 보여 주었다. 처음 본 그 아이는 듣던 대로 영리하고 예쁘게 자라서 어엿한 대학생이 되어 있었다.

전 서방이 그 아이를 만난 것은 90년대 어느 겨울 출장길에서였다고 한다. 그날따라 비행기 안은 양부모에게 입양되어 가는 어린 아기들의 울음소리로 소란했단다.

화장실을 다녀오던 전 서방은 앞좌석에 분홍색 가방을 움켜쥐고 두려움에 떨고 있는 한 아이를 보았다. 그 아이도 아기들과 같은 일행처럼 보였는데 금방이라도 떨어질 듯 눈물이 가득 고인 눈으로 불안하게 전 서방을 쳐다보았다.

"아저씨가 여기 앉아도 될까?"

아이는 고개를 끄덕였다. 그리고 묻는 말에 대답을 곧잘 했다. 이름은 허선미, 나이는 여섯 살, 고아원에서 살다가 미국 시카고에 있는 양부모 집으로 가는 길이라는 것이다. 한번 말문을 연 아이는 고아원에서 자란 이야기를 했다. 그러는 중에 한 번 입양되었다가 파양罷養당한 적이 있는 것을 알게 됐다. 아이는 분홍색 가방에서 앨범을 꺼내더니 양부모 사진을 보여 주기도 했다. 사십 대 초반의 후덕해 보이는 양부모에게는 아들이 하나 있었다.

선미는 기내식도 함께 먹고, 전 서방이 화장실을 갈 때는 따라가서 문 앞에 지키고 있다가 자기 자리로 끌고 왔다. 나중에는 한 손으로 바지 자락을 꼭 잡고 놓지 않아서 전 서방은 일행이 앉아 있는 좌석으로 갈 수도 없었다.

도착이 가까워 오면서 전 서방과 승무원들은 걱정이 되었다. 선미가 따라가려고 작정을 했는지 가방을 어깨에 메고 두 손으로 전 서방의 한쪽 팔을 감싸쥐고 놓지 않았다. 선미를 달래보려고 명함을 주면서 이곳으로 연락하면 언제든지 아저씨가 뛰어가겠다고 했지만 소용없었다. 여섯 살이 되도록 사람들에게 버림만 받던 아이가 아저씨의 말을 믿지 않는 건 당연한지도 몰랐다.

비행기가 시카고에 도착했다. 모든 승객이 다 내리도록 선미는 전 서방의 목에 매달려 필사적으로 발버둥쳤다. 결국 승무원들과 기장까지 나서서 전 서방을 기장실로 피신시키고 울부짖는 선미를 강제로 떼어내 내리게 했다.

소동이 벌어진 한참 후에 승강장 멀리서 내다보니 선미가 양부모에게 받은 것 같은 커다란 인형을 안고 있었다. 인솔자에게 이야기를 들었는지 양부모는 비행기 안에까지 들어와 전 서방에게 선미를 잘 데려다 준 것에 감사하면서 계속해서 선미의 후견인이 되어 줄 것을 부탁했다. 그러면서 꼭 한번 자기 집을 방문해 달라고 간청했다.

일정에 쫓겨 한동안 틈을 내지 못했던 전 서방은 몇 달 뒤 같은 곳으로 출장을 다녀오는 길에 선미를 만나러 갔다. 위스콘신 주에 있는 양부모 집은 시카고에서 국내선을 갈아타고 두 시간을 더 가는 시골이었다. 마을에 들어서자마자 그는 금방 선미네를 찾을 수 있었다. 유리창에 커다란 태극기가 붙어 있는 집이 보였기 때문이다. 선미는 몰라보게 명랑해져 있었다. 양부모의 사랑이 선미를 다른 아이로 만들어 놓았다는 것을 집안 분위기에서 느낄 수 있었다.

양부는 소시지 공장에서 일하는데 선미가 유난히 마늘이 많이 들어간 소시지를 좋아한다면서 피는 속이지 못하는 것 같다며 웃더란다. 그러면서 선미가 처음 집에 오던 날 한쪽 손에 무엇인가 꼭 쥐고 한동안 펴지 않았는데, 달래고 달래서 며칠 만에 손을 펴보니 땀에 젖어 글씨도 잘 안 보이는 전 서방의 명함이 들어 있었다고 한다.

그날 저녁 선미는 전 서방을 자기 방으로 데리고 가서 그동안 배운 영어 노트와 장난감, 소지품을 자랑했다. 선미는 그곳에서 건강하게 뿌리를 내리고 있었다. 그 동네는 공교롭게도 입양 가정이 많았다. 주말이면 아이들에게 조국의 전통의상을 입혀 작은 파티를 열어 주며 아이들이 조국을 잊지 않도록 해 주었다.

선미가 고등학교 때 자기가 살고 있는 지방신문을 보내

왔다. 거기에는 선미가 입양되어 오면서 전 서방과 만나 지금까지 계속되고 있는 아름다운 이야기가 실려 있었다. 더욱이 감동스러운 이야기는 양부모가 선미를 위해 한국에서 여자 아이를 데려와 언니를 만들어 주었다는 소식이다. 나는 가슴 뭉클했다.

사실 아이를 유난히 좋아하는 전 서방이 선미를 입양했으면 어땠을까, 생각한 적이 있다. 그러나 인연은 선미의 양부모에게 먼저 찾아갔고, 더구나 그들보다 더 큰 애정과 헌신으로 그 아이를 키울 사람은 없을 것 같은 생각이 들었다. 우리가 버린 아이를 혈연을 넘어 보여 준 양부모의 사랑에 머리 숙여 감사할 뿐이다.

새섬의 하루

일 년에 한 번 열리는 초등학교 동창회 안내장이 왔다. 장소가 새섬이었다. 갑자기 코끝으로 바다 냄새가 확 밀려왔다. 모래톱에 널려 있는 그물에 낀 마른생선들이 쳐다보고 있을 파란 하늘, 빈 조개 무덤 사이로 들락거리는 바닷물 숨소리, 그곳이 가고 싶었다.

또 보고 싶은 곳이 있다. 새섬 가는 길에서 보이는 어릴 적 옛집이다. 소나무, 밤나무가 우거진 숲 사이에서 대나무로 둘러싸인 까만 기와집, 지금은 옛날 당당하던 위풍은 간데없고 왜소하게 내려앉은 까만 기와지붕만 애처롭게 보이는 그 집. 수년 전 가혹한 개혁에 상전벽해가 되어 버린 우리 집이다. 연자방아 마당 끝에서 위아래

텃밭 사이로 큰 도로가 나 있다.

내 어린 시절 놀이터였던 바다는 육지가 되어 공장이 서 있고, 나와 형제들이 태어나고 자란 집터는 자동차 길이 되어 이제 거기엔 내 과거도 추억도 없다. 두고 온 산하보다 더 아픈 건 지형이 뒤바뀐 고향이다. 그런 줄 알면서도 보고 싶고 또 가고 싶은 곳이 고향이라는 이름 의 땅이다.

새섬으로 가는 도비도 선착장에는 시골 사는 친구들 이 반갑게 우리를 안아 주었다. 선착장 양쪽에는 고기잡 이에서 막 돌아온 어선들이 갓 잡은 생선을 흔들며 우리 에게 손짓을 했다. 웬만하면 배에 올라 구미에 맞는 생 선을 골라 소주잔을 기울이 싶었지만 새섬엔 직접 '참숭 어'를 잡아 우리에게 제철 맛을 보여 주려고 벼르는 친 구가 기다리고 있었다.

대여섯 명밖에 탈 수 없는 작은 통통배에 우리 서울 팀 이 먼저 올랐다. 찬 바닷바람이 매섭게 얼굴을 때렸다. 배는 곧 섬에 닿았고 우리는 어릴 때 하던 대로 개구리 처럼 폴짝폴짝 뛰어내렸다. 전에는 두서너 가구 살던 섬 이 지금은 열 가구가 넘게 살고 있었다.

친구 집 안방에는 벌써 바다 맛이 물씬한 음식이 차려져 있었다. 두서너 차례 작은 배가 오가며 스무 명 남짓한 친구들을 모두 섬으로 실어 날랐다. 마지막 친구들이 모이자 그때까지 숨을 쉬던 참숭어가 순교의 순간을 맞고 곧 동창회는 시작되었다.

친정어머니처럼 우리를 챙기는 여자 회장이 인사말을 했다.

"일 년에 한 번 만나는 동창회, 몇 번 결석하면 이삼 년이 지납니다. 그사이 누군가는 아프고, 누군가는 다시 못 만날 곳으로 갑니다. 작년엔 무형이가 갔어요. 제발 일 년에 한 번이라도 꼭 나와 즐겁게 만납시다."

간곡한 회장의 인사말에 모두 숙연해졌다. 그렇게도 사양하던 회장 선출도 서로 자청해서 거뜬히 뽑혔다. 우리는 초등학교 일학년부터 육학년까지 한 반 한 교실에서 배운 친구들이다. 대부분 중학교도 함께 다녀 집안 내력이나 부모형제까지 알고 지내다 보니 친척 같기도 한 사이였다.

그날 화제는 '외로움'이었다. 짝 잃은 친구들에게 새 짝 찾아 주기에 열을 올렸다. '짝위원회'를 만들어 회장

을 맡겠다고 나선 친구는 초등학교 다닐 때는 울기도 잘
하고 수줍음도 많이 탔었는데 그날은 자기가 중매해서
성공한 사례까지 들먹이며 열변을 토했다.

내 옆자리에 앉은 친구는 농사일에 무디어진 손으로
친정 오빠처럼 내게 음식을 열심히 권했다. 소라도 까서
주고 맛있는 회도 집어 주었다.

"이런 걸 서울에서 어떻게 먹어 보겠어."

괜찮다 해도 막무가내로 내 접시에 생선을 수북이 쌓
아 놓았다.

"어릴 때 모습 그대로네. 저~ 모나리자 같구면."

아니, 모나리자라니? 나는 놀라서 움푹 팬 얼굴로 선
하게 웃는 그를 쳐다봤다. 시골에서 평생 농사를 지으며
살았는데 어떻게 그가 아직도 모나리자를 잊지 않고 기
억할까. 신통했다. 그러나 험한 농사일로 얼굴이 반 고
흐처럼 굴곡진 친구에게 모나리자와 비유하지 말라고
할 수는 없는 일. 말이 막혀 우리 명화 담소는 거기서 끝
을 냈다.

밖엔 보름사리였던지 주변의 섬들이 물새처럼 살포시
바닷물에 모두 내려앉아 있었다. 새섬, 대난지도, 소난

지도, 조개섬.

"보름사리 낮 물때는 바다 물길을 조심해야 하느니라."

당부하시던 할아버지 말씀이 생각났다. 아니나 다를까, 건너편 선착장이 서서히 바닷물에 잠겨가고 있었다. 그곳에 세워 둔 자동차들도 하나둘 물 속으로 가라앉았다. 그쪽 사람들이 고함치며 손을 흔들고 통통배는 죽을힘을 다해 차 주인을 태우려고 우리 쪽으로 건너오고 있었다. 차 주인들은 열쇠를 들고 잽싸게 뛰어나갔지만 차는 이미 바닷물에 빨려 들어가고 있었다. 우리가 즐겁게 떠들던 정오에 태양은 바다 밑에서 달을 슬며시 잡아당겼나 보았다.

서울에서 차를 가져온 친구들은 주차장에 세워 둔 덕에 화를 면했지만 맨 마지막까지 잔일을 보던 총무의 차가 바다에 잠겨 버렸다. 술기운이 오른 친구들은 갑작스레 물길에 휩쓸린 친구 차가 걱정되어 맨발로 뛰어나와 발을 동동 굴렀다.

"괜찮어, 보험 처리허면 되지 뭐. 들어가서 술이나 더 들자고."

그는 분위기를 깨서 미안하다며 오히려 우리에게 사과

했다. 그러나 우리는 늘 수고하는 총무에게 자동차 수리
는 회비로 처리할 것을 제의했다. 대신 그는 섬을 떠나
는 우리에게 자연산 바지락을 한 봉지씩 안겨 주었다.
나에게 모나리자 같던 친구는 차 밖에서 오래도록 손
을 흔들었다.

　서울 올라오는 버스 안에서 조개들은 바지락바지락
조잘대며 새섬에서의 하루를 이야기하고 있었다.

그리움도 쌓이면 눈만큼 무거울까

지난밤 구름 뒤에 숨어 눈자위를 붉히던 달이 밤새 혼자 울었나 보다. 아침부터 물기 밴 구름이 낮게 몰려다니더니 연애편지를 들고 온 머슴애처럼 한참을 머뭇거리다가 전하지 못한 편지를 찢어 흩날린다.

첫눈이다.

첫눈은 부끄러움을 많이 타나 보다. 반가운 마음에 두 팔 벌려 안으려니 요리조리 피한다. 나비같이 팔랑이는 눈발, 일 년을 간절히 기다린 사람들을 위해 좀 더 펑펑 내렸으면. 나는 괜스레 조바심을 내며 하늘을 쳐다본다. 나도 첫눈이 오면 만나기로 약속한 친구가 있기 때문이다. 그 친구는 인천에 살고 나는 서울에 산다. 우리는 매년 첫눈이 오는 날 서울역 시계탑 앞에서 만나기로 약속이 되어 있었다.

그날도 오늘처럼 그칠 것 같다가 다시 이어져 갈피를 잡을 수 없는 첫눈이었다. 망설여지긴 했지만 우리 예측은 한 번도 빗나간 적이 없었기에 예감을 믿고 나는 삼청동에서 서울역까지 걸어가기로 했다. 천천히 걸으면 친구가 탄 기차가 도착하는 시간과 거의 비슷할 때도 있었다.

다행히 서울역까지 걷는 동안 눈발이 조금씩 굵어지더니 제법 눈이 쌓여 갔다. 시계탑 아래에는 벌써 많은 사람들로 붐볐다. 모두들 오랜만에 만나는지 손을 마주 잡고 동동 뛰는 사람, 아직 만나지 못해 불안한 눈으로 두리번거리는 사람도 있었다. 눈이 내리기 시작한 지 꽤 됐는데 친구는 보이지 않았다. 하인천역에서 출발하는 기차는 자주 연착하기는 했다.

한참 지나서야 나타난 친구는 혼자가 아니었다. 말끔하게 생긴 남자와 함께였다. 이런 일이 없던 친구이기에 나는 좀 당황스러웠다.

"괜찮죠?"

너스레를 떨며 끼어드는 그 남자 친구 앞에서 나는 어색한 감정을 추스르며 친구와 걷던 눈발 사이를 밋밋하게 걸었다. 친구의 성품으로는 내게 말도 없이 아무나 동행하지 않을 것을 나는 잘 알고 있었다.

숭례문을 지나 시청을 거쳐서 우리는 광화문까지 걸었다. 뭉쳐지지도 않는 눈을 뿌리며 즐겁게 장난치는 사람들 사이를 지나 자주 가던 찻집으로 들어갔다. 찻집 안은 눈을 맞고 들어온 사람들의 비릿한 습기와 담배연기가 뒤섞여 음악마저도 축축하게 들렸다. 그곳에서 나는 그들이 사귄 지 얼마 되지 않는 연인 사이라는 이야기를 남자 친구에게서 들었다.

내 친구 이름은 천泉이었다. 이름처럼 맑고 마음이 우물처럼 깊었다. 좋은 책을 많이 읽는 편이어서 내게 권하기도 하고 연인같이 따사로운 편지도 자주 보내 주었다. 그 앤 마음이 눈발같이 가날파서 밟힐까 걱정스러운 아이였다.

그런데 그 남자는 지나치게 저돌적이었다. 왠지 내 친구의 깊고 맑은 우물에 돌을 던질 것만 같은 불안감으로 마음이 무거웠다. 그래서 그날은 늘 친구와 마지막으로 걷던 삼청공원 코스를 생략하고 그냥 헤어졌다. 그것이 천이와 내가 첫눈 내리는 날 만났던 마지막 약속이 되었다.

그들의 연인 관계는 계속되는 것 같았다. 그러나 천이는 나를 만날 때마다 탐탁잖게 여기는 내 눈치를 보며 남자 친구 이야기는 잘 꺼내지 않았다. 신변에 대한 이야기도 피했고 연락처도 주지 않았다. 얼마 후 부모님의 심한 반대에도 불구하고 그 남자가 내 친구를 데리고 도망갔다는 소문이 들렸다. 그 사이 첫눈은 여러 번 내렸지만 그 애는 다시 서울역 시계탑 앞에 나타나지 않았다.

몇 년 후 천이에게서 연락이 왔다. 동대문 골목 허름한 이층집에서 기계자수 기술자로 일하고 있었다. 그 사이 아들도 있었다. 밤새워 카뮈와 니체를 이야기하고 생각이 조숙했던 천이는 예전처럼 저항적이거나 염세적이지 않았다. 그저 바람에 쓸린 갈대같이 쓸쓸하고 거칠어 보였다. 그에게 어울리지 않게 현실도 외면하지 않았다. 아들 때문인 것 같았다.

하얗고 곱던 얼굴은 우울한 그늘에 가려 곧 눈이 올 것 같은 표정이었다. 천이는 다른 말보다는 내가 너무 보고 싶었다는 말만 되풀이했다. 우리는 이제 자주 연락하기로 단단히 약속하고 헤어졌다. 그러나 그 뒤 친구는 다시 거처를 옮기고 연락도 끊었다.

세월에 묻혀 그 애 소식을 듣지 못한 지 오래된 어느 겨울밤, 나는 한 통의 전화를 받았다. 술에 몹시 취해 말도 제대로 알아들을 수 없는 낯선 남자의 목소리였다.

"나, 천이 남편이에요. 그런데… 천이가 죽었어요. 친구가 몹시 보고 싶다고… 전해 달라고 해서…."

내가 더 물어볼 겨를도 없이 전화가 끊겼다. 전화기에서는 더 이상 어떤 이야기도 들려오지 않았다. 그 소식은 무서운 꿈처럼 나를 깊은 공허 속으로 몰아넣었다. 그 뒤 친구의 흔적은 아무 데도 없었고 그 애는 세상에서 없어졌다.

나는 천이에 대한 어떤 소식도 듣지 않았다고 생각하며 살기로 했다. 그건 꿈결에 들은 허망한 이야기라고, 어디선가 사랑스런 아들과 함께 잘 살고 있으리라 믿고 싶었다.

지금도 첫눈이 오는 날 서울역 시계탑 앞에 가면 하얀 웃음을 띤 그 애가 내게 달려와 '늦어서 미안해'라며 조용히 속삭일 것 같다.

요 며칠 눈이 펑펑 쏟아진다. 눈은 하늘이 내려준 것 중에 제일 아름다운 선물인 것 같다. 비처럼 냉정하게 흘러가지도, 바람처럼 산란하게 흩어지지도 않는다. 다정하게 소곤대며 그저 조용히 내려와 앉을 뿐이다.

마당에 나가 쌓인 눈을 한 삽 깊숙이 퍼 본다. 무겁다. 그리움도 쌓이면 이렇게 무거울까.

그녀와 전쟁을 끝내며

우리는 서울 북쪽 북한산 끝자락인 종로구 평창동에 살고 있는 풀들입니다. 사람들은 우리를 잡초라고 부르지요. 우리가 왜 잡초라 불리는지는 잘 모르겠지만 오래전부터 자연계에서 구분된 명칭이니 불만스러워도 그냥 받아들이기로 하겠습니다.

이 동네로 말하면 오십여 년 전만 해도 산의 영험한 기운 때문에 사람의 근접을 거부하던 곳이었습니다. 관악산 여신과 북한산 남신이 마주보며 역사의 시초를 풀어내는 곳이라 했지요. 이런 곳에서 우리 초목들은 자연스럽게 탯줄인 산맥을 따라 땅 밑으로 혹은 바람결 따라 사방으로 흘러오다 이곳을 인연 터로 삼았답니다.

언제부터인지 사람들은 감히 영靈이 깃든 이곳을 자기들 터전으로 만들기 위해 지형을 변형하고 자연을 훼손했지요. 그럴 때마다 우리는 땅 밑이나 길바닥에 처박혀 흙과 쓸려 다니기도 하고 그들 정원 바닥에 휩쓸리기도 했습니다. 그러는 동안 우리가 인간으로부터 받은 부당한 서러움을 상상하지 못할 것입니다.

근 사십여 년 전부터 우리는 그녀의 정원인 이곳에서 살고 있었습니다. 사실 우리 잡초는 원초적으로 사람들보다 훨씬 먼저 흙의 생명체에서 비롯된 자연 생태계의 시조라 해도 과언은 아니지요. 우리는 태초부터 어디서나 자유롭게 나고 자라서 죽고 또 그 유전자를 보존하고 있었습니다. 혹 기억하십니까? 어느 무덤에서 나온 수천 년 전의 씨앗이 싹을 틔우고 영하 수백 도의 냉동상태에서 살아남았던 풀씨의 가공할 생명력을!

이런 우리에게 기껏 백 년도 살지 못하는 저들이 자유롭게 살고 있는 우리에게 "너희는 잡초다" 하면서 잘못도 없는 우리를 보는 대로 뽑아 버렸지요. 자기들이 선호하는 꽃은 잘 보호하고, 잡초는 뽑아 버려도 된다는 이분법적인 횡포에 우리는 아프다고 절규할 줄도, 부당하다고 항의하지도 못했지요.

이곳 평창동 우리 주인 역시 그런 생각을 가진 사람이었습니다. 사십여 년 전 그녀 가족이 이 터에 집을 짓기 시작하기 전만 해도 이곳은 평화로운 소나무 동산이었습니다. 이 년 동안 집을 지으면서 작은 소나무는 모두 베어졌지요.

그때 우리는 흙속에서 땅 위로 올라올 날만 손꼽아 기다렸답니다. 그 속엔 우리와 같이 매미 애벌레들이 다음 생을 준비하고 있었습니다. 그들이 흙을 붓고 멋진 정원석을 세우고 꽃나무와 유실수를 심을 때까지 기다렸지요. 우리는 어서 세상 구경을 하고 싶었습니다.

드디어 첫 번째 봄이 되었습니다. 그들은 정원 한가운데를 융단 같은 금잔디로 덮어 버렸습니다. 우리는 꼼짝없이 매몰되고 말았지요. 어찌나 잔디 결이 곱고 촘촘하던지 뚫고 나갈 틈이 없었습니다. 하지만 우리가 누굽니까? 유행가 가사에서도 인정받은 끈질긴 잡초 아닙니까?

그때부터 그녀와 우리의 소리 없는 전쟁이 시작되었습니다. 우리는 주단 같은 금잔디를 죽을힘을 다해 뚫고 고개를 내밀었지요.

"어머, 이건 풀 아니야?"

그녀가 우리를 본 순간 풀을 처음 본 것처럼 호들갑을 떨었습니다. 그러더니 곧바로 옆구리에 호미를 꿰차고 나타났습니다.

그때부터 그녀는 우리를 좀도둑 잡아내듯 했습니다. 그럴수록 우리도 묘책을 세웠지요. 잘 뽑히지 않는 클로버와 뿌리가 깊고 키 작은 질경이를 내보냈지요. 그리고 잔디와 비슷하게 생긴 잡풀로 그녀를 혼란시켰답니다.

약이 오른 그녀의 호미는 더욱 날카로워졌고, 매일 틈만 나면 우리를 보는 대로 그 자리에서 즉결처분했습니다. 심지어는 제초제를 뿌려 우리를 멸족시키려 했답니다. 영토를 빼앗기는 아픔보다 동족 말살의 한을 참는다는 것은 참으로 고통스러운 일이었지요.

그때 우리에게 천군만마의 힘이 되어 준 건 백 년 넘게 이곳을 지켜온 할아버지 소나무였답니다. 그녀가 끔찍이 아끼던 금잔디들은 소나무 그늘과 송진가루를 견디지 못하고 날이 갈수록 시름시름 앓기 시작하더군요. 온갖 정성을 다 쏟아부어도 금잔디는 삼 년도 못 가 누렇게 죽어 갔습니다.

그 뒤로도 몇 해에 한 번씩 잔디가 바뀌더군요. 금잔디에서 야생 잔디로, 나중에는 외국에서 겨울에도 안 죽는 잔디 씨를 사다가 뿌리기도 했습니다. 그러나 터는 하늘이 내리는 법, 그 터는 우리 잡초들의 명당일 뿐 다른 것에게는 어림도 없는 곳이었습니다. 작기는 해도 이곳만한 데가 또 어디 있나요. 아침 해가 계수나무를 지나 소나무 가지에 잠시 걸터앉을 때엔 그녀도 보이지 않고 우리는 잠시 소나무 할아버지의 재미있는 이야기를 들으며 즐거운 시간을 보내기도 했답니다.

그녀의 날카로운 호미만 아니라면 우리는 아주 평화롭고 행복하게 살 수 있었을 겁니다. 그러나 점점 우리를 뽑아내는 그녀의 솜씨는 달인 수준이었습니다. 클로버 뿌리를 용케도 후벼 파내는 기술하며 목 짧은 질경이를 잡아채는 기술이라니! 그녀의 우리에 대한 적의는 거의 광기에 가까웠습니다. 언젠가 그녀 남편이 그러더군요.

"당신은 잔디 풀 뽑기 대회에 나가면 일등할 거야."

그 칭찬은 그녀의 호미를 더욱 춤추게 했습니다.

그런데 이상한 일이 생겼습니다. 매일같이 나타나던 그녀가 언제부터인가 정원에 내려오지 않았습니다. 가끔

와도 호미를 들고 있지 않았습니다. 우리는 그녀가 왜 그랬는지 이유를 알 수가 없어 오히려 불안했습니다.

얼마 후 그녀가 쓴 글을 보고 나서야 우리는 부둥켜안고 목놓아 울었답니다. 그녀의 글에는 이렇게 쓰여 있었습니다.

"나는 오랫동안 치열하게 싸워 온 풀들과의 전쟁을 이제 그만 끝내려고 한다. 움직일 줄도 모르고 소리 지를 줄도 모르는 연약한 그들에게 가해자였던 내가 일방적으로 손을 든 것이니 이건 포기이기도 하고 항복이기도 하다. 이 결심을 위해 나는 깊은 고뇌를 거쳤다. '자연과 인간의 동행'은 힘으로 겨눌 일이 아니라는 것. 화합으로 상생을 이루고 살아가야 한다는 것. 그러기 위해서는 저토록 끈질긴 생명의 존엄을 일방적으로 말살시킨다는 건 가혹한 일임을 알고 내 스스로 이런 통고를 보낸다."

이 글은 마치 일본 천황의 항복 문서를 듣는 것만큼이나 감격스러웠습니다.

그 후 우리는 그녀가 하찮은 풀꽃까지도 사랑하는 사람이란 걸 알게 되었습니다. 별꽃, 제비꽃, 돌나물꽃, 심지어 냉이꽃, 이름 없는 잡초 꽃까지도 예뻐했습니다.

그리고 풀꽃이 질 때까지 기다렸습니다. 그게 실수였던 걸 몰랐을까요. 꽃 속에 우리의 씨앗이 숨어 있다는 걸.

그런 틈을 타 우리는 그녀의 잔디밭을 야금야금 점령해 갔습니다. 그런데도 그녀는 무심했습니다. 잡초밭으로 변해 가는 정원에 나와 제멋대로 자란 돌나물이나 쑥을 뜯기도 하고 씀바귀도 캐서 바구니에 담았습니다.

그런데 그녀가 무척 쓸쓸해 보였습니다. 그래도 그녀가 세상 모든 것에 이분법적 잣대를 내려놓고 우리와 더불어 살아가려는 것은 천만다행한 일이었습니다. 더구나 그녀는 들리지 않는 우리 소리를 이미 듣고 있었습니다. 그래서 그녀가 어렵게 자연과 인간의 갈등을 마무리해 준 것에 감사할 뿐입니다.

그러니 진정 그녀가 하고 싶은 말은 이게 아니었을까요?

그래, 너희는 천 년을 살지. 하물며 백 년을 넘지 못하는 우리가 어떻게 대적하겠어. 너희는 위대한 자연이니까.

5.

행복한 미식가

결혼하고 첫 번째 생일, 그날은 마침 일요일이
었다. 늘 바쁘던 그가 생일상을 차려 주겠다며
일찍부터 장을 보러 나갔다. 틈만 나면 음식을 만들어
가족과 함께하는 것을 좋아하는 그는 음식 재료도 반드
시 직접 준비해야 했다.

곧 오겠지 했는데 점심때가 다 되어도 장에 간 그가 돌
아오지 않았다. 나는 시어머님께도 민망하고 기다리기
도 지루해 그를 찾아 나섰다. 시장 구석구석을 뒤지다가
어느 정육점 냉동창고 앞에서 주인과 함께 소매를 걷어
붙이고 곱창을 다듬고 있는 그를 발견했다. 어처구니가
없었다. 얼마나 열심인지 우두커니 서 있는 나를 한참만

에 알아보았다.

"아, 다 됐어. 양 껍질은 벗겼는데 곱창이 깨끗하게 벗겨지지 않아서 뒤집어 긁어 내느라고. 내가 맛있는 곱창 전골 만들어 줄게. 조금만 기다려."

그러면서 싱끗 웃어 보였다. 생일 메뉴가 곱창전골인 것도 못마땅했지만 아직 재료 준비가 되지 않아 생일상이 점심일지 저녁일지도 모르는 상황이 나를 지치게 했다. 그때 나는 그와 나의 음식문화 차이가 심각함을 예감했어야 했는데, 그걸 예사롭게 생각한 것이 나의 큰 착오였다.

그는 해산물이 풍부한 부산에서 자랐다. 시어머님은 누구와도 후덕하게 음식을 나누셨고, 그걸 보고 자란 그는 한술 더 떠서 틈만 나면 음식을 만드는 요리 취미까지 겸비한 남자였다.

그에 비하면 나는 유교사상이 깊은 충청도 대가족 집안에서 자랐다. 어른들과 겸상을 하면서 우리는 음식 양이나 식사 습관까지 주의를 받았다. 자연히 맛을 즐길 여유가 없었다. 그래선지 할아버지의 밥상 교육은 내가 성인이 된 후에도 음식에 대한 욕심이나 흥미를 갖지 않은 이유가 된 것 같았다. 그래서 '먹는 즐거움이 얼마나 행복한 줄 아느냐'며 강조하던 그의 뜻을 이해하는 데 세월이 많이 걸렸다.

나는 그가 좋아하는 것이 음식을 먹는 것인지 만드는 것인지 알 수가 없었다. 하지만 살아가면서 그가 음식 만드는 것을 더 좋아한다는 걸 알게 됐다. 요리할 때마다 직접 장에 가서 재료를 고르고 씻고 다듬어서 써는 일까지 직접 해야 직성이 풀리는 것을 보면 그의 요리는 취미를 넘어선 수준이었다. 그는 혼자서 여러 명의 손님도 거뜬히 대접해 내기도 했다.

밖에서 맛본 음식은 잊지 않고 집에 와서 반드시 복습했다. 그 덕분에 괴로움을 당하는 것은 식구들이었다. 그의 요리 맛은 늘 새롭고 특별했다. 그래서 그가 만족할 만한 맛을 낼 때까지 아이들은 괴로운 시식 팀이 되어야 했다. 그가 잘 하는 자장면이나 볶음밥에는 재료가 너무 많이 들어갔다. 아이들은 중국집 배달음식을 그리워했지만 그는 용납하지 않았다. 휴일이면 언제나 아빠 음식을 먹어야 했다. 아침부터 준비한 요리가 다 되어 가면 아이들을 불렀다.

"애들아, 다 됐다. 내려와."

그러나 아이들은 하나같이 곤란한 표정으로 배를 슬슬 문지르며 식당으로 내려왔다.

"아빠, 배가 아파서 그러는데 조금만 주세요."

엄살을 부려 보지만 소용이 없었다. 그는 자장면이 가득 담긴 그릇을 아이들 앞에 놓아 주곤, 먹이를 물어다 준 아빠새처럼 누가 얼마나 맛있게 먹는지 살피곤 했다. 언젠가는 자기가 만든 음식을 아이들이 시큰둥하게 여긴다고 화가 나서 "자식 다 소용없다"며 앞치마를 벗어 던지고 나가 버린 일이 있은 후로 아이들은 아버지 요리를 맛보는 데 각별히 조심했다.

그는 자기가 만든 음식에 대해서는 자부심이 대단했다. 무엇으로 어떻게 만드느냐도 중요했지만 누구에게 어떻게 대접하느냐에도 신경을 많이 썼다. 대접하는 상대가 누구든 맛있게 먹어 주고 즐거워하면 그것으로 만족했다.

그가 음식을 만드는 시간은 정해져 있지 않았다. 거의 퇴근길에 재료를 사다 요리를 시작하면서 전화를 했기 때문에 가까운 동네 친구들이 늘 그의 최고 손님이 되곤 했다. 어떤 땐 일하러 온 기사나 정원사들도 귀한 대접을 받곤 했다.

그의 탁월한 요리를 고르라면 '어묵꼬치'와 '러시안 스프(야채 스프)'를 빼놓을 수 없다. 그는 음식을 만들 때 삼사 일 전부터 퇴근길에 장을 봐 날랐다. 우선 어묵꼬치 요리를 소개하자면 이렇다. 도가니를 맑게 삶아 국물을 만든다. 무를 큼지막하게 썰어 넣고 삶은 계란을 벗겨 넣어 낮은 불에 진간장으로 물을 들인다. 삶아 낸 스지는 먹기 좋게 찢어 간장과 설탕, 후추로 조려 놓는다. 어묵과 소세지, 홍합 그리고 스지도 대꼬치에 끼운다. 간을 한 스지 국물에 모든 재료를 넣고 여유 있으면 하루저녁을 지내기도 한다. 그랬다가 손님 오기 직전에 아주 작은 불에 올려놓았다 담아낸다. 센불에 미리 끓여 놓으면 어묵이 부풀기 때문에 요리를 망친다고 누누이 말했다.

음식이 완성되면 앉는 자리도 자신이 정해 준다. 요리를 담아내는 그릇도 자기가 좋아하는 것으로 선택했다. 그런 습관은 손님에게뿐만 아니라 식구들에게도 마찬가지였다.

"여긴 엄마 자리."

언제나 내 자리를 먼저 챙겼다. 그리고 제일 예쁜 그릇에 음식을 담아 내 앞에 놓으면서 이렇게 말했다.

"당신은 많이 안 먹으니 조금 담았어요."

그런데 음식이 너무 많아 늘 나를 곤란하게 만들었다.

어느 해 가을, 그가 김장을 따로 하겠다며 내게 도전해왔다. 김치라면 자신이 있던 나는 그에게 포기를 종용했다. 그러나 결국 우리는 협상하지 못하고 김장을 따로 하기로 했다. 그때는 김치냉장고가 없었는데, 그는 어디서 구했는지 안쪽은 스테인리스로 되어 있고 겉은 빨간 폴리우레탄으로 된 예쁜 김치통 두 개를 사 왔다. 그리고 내가 간섭하지 못하도록 바깥식당에 김치 담는 장소를 정해 놓고 들어오지도 못하게 했다.

김장하는 날 궁금해서 들여다보니 도무지 내 상식으로는 김장 재료라고 할 수 없는 것들을 사다 놓았다. 미제 군용 햄, 육회용 소고기, 배, 홍시, 대추, 밤 같은 과일에다 북어, 꿀도 보였다. 배추는 내가 나누어 주었고, 그의 지휘 아래 모든 양념은 도우미 아줌마의 도움을 받아 버무리는 것 같았다. 나는 늘 하던 대로 버무린 김치를 땅에 묻어 놓은 항아리에 담았다.

결과는 나의 참패였다. 그가 넣은 천연 당분인 홍시와 사과, 시원한 북어, 지금도 알 수 없는 햄과 소고기의 화학반응이 어떻게 작용했는지 파격적인 재료들이 어우러져 나온 김치 맛은 기가 막혔다. 그의 요리에 대한 노하우가 녹아내린 맛, 노린내나 느끼할 줄 알았던 예상을 빗나간 특이한 감칠맛. 아이들은 물론 제사에 온 친척들까지 모두 그 김치 맛에 환호했다. 그의 김치 재료가 몇십 년 후 요즘에 재료로 쓰이는 걸 보면 그는 확실히 요리에 선견지명이 있었던 것 같다. 그로 인해 그는 더욱 음식 만드는 데 의기양양해졌고, 나는 그를 무시할 수 없게 되고 말았다.

이런 일화도 있었다. 언젠가 비 내리는 주말 오후, 그가 큰 트럭에 짐을 가득 싣고 왔다. 놀라는 나를 끌고 안으로 들어오더니 '한번만 봐 달라'고 사정을 했다. 청계천에서 산 주방기구라면서 어느 백화점 지하 식품부에서 잠깐 쓰다가 급히 싸게 처분하는 풀세트를 사 왔단다. 어이가 없었다. 하는 수 없이 바깥식당이랑 뒤꼍에 갖다 놓았다. 가스를 이용하는 튀김용 철판과 생선이나 고기 종류를 굽는 불판, 화력이 높은 오븐까지 어느 레스토랑의 주방을 그대로 옮겨 온 것 같았다.

그는 이 거대한 기구를 들여놓기 위해 바깥식당 안쪽

에 공사를 시작했다. 가스를 들이는 구멍을 뚫고 밑받침을 만드느라 휴일도 퇴근 후에도 정신없이 바빴다.

세팅이 끝나고 음식을 만들어 보니 기구가 너무 커서 웬만한 음식량으로는 조리가 어려웠다. 전 뒤집개가 작은 부삽만 했고, 생선을 구울 때도 양이 적으면 가스 오븐 한쪽만 사용하게 되었다. 불편해서 사용이 뜸해지자 자주 쓰지 않는 철판은 녹이 슬었다.

신이 나서 꾸미던 조리 세트 중 그래도 제일 오래 사용한 건 어묵꼬치 기구였다. 네모 칸이 양쪽 세 칸씩 여섯 칸인 거기에 어묵꼬치와 국물을 넣고 술 덥히는 구멍 두 개에는 스테인리스 컵에 정종을 따라 데웠다.

이런 그를 친정 오빠들은 '암사내'라고 놀렸다. 여자가 하는 짓을 하는 남자라는 말이다. 더구나 그가 요리하기를 즐겼던 건 사십여 년 전부터다. 그러고 보니 요즘 매스컴에 나오는 셰프들보다 훨씬 시대를 앞서간 멋쟁이였던 것 같다. 지금도 가을이 되면 그 멋쟁이가 만들어 준 송이돈부리가 먹고 싶어진다. 그리고 "먹는 것이 인생의 즐거움"이라는 그의 말에 이제는 나도 전적으로 동감하는 나이가 되어 가고 있다.

무녀리에게 들려주지 못한 이야기

우리 집 안마당에는 높이가 어른 허리춤에 닿고 둘레가 우물만한 시멘트 구정물통이 있었다. 내가 어릴 때 제일 무서워하던 그곳에는 음식을 장만하다가 버린 감자나 무 껍질, 쌀뜨물이 늘 가득 차 있었다. 반쪽 난 오이가 조각배처럼 떠다니고 머리 푼 옥수수가 미역처럼 넘실거렸다. 그렇게 모아 놓은 구정물은 우리집 소나 돼지들이 목을 축이거나 여물을 끓이는 데 유용하게 쓰였다.

저녁 무렵 코뚜레를 바짝 쥐어 잡은 조 서방에 이끌려일에 지친 소가 들어왔다. 하루 종일 목이 말랐던 소는 큰눈을 끔벅이며 머리를 구정물통으로 급히 들이밀었다.

위에 떠 있던 음식 찌꺼기들이 소 입으로 빨려 들어갔다. 구정물은 순식간에 줄어들고 소의 배는 금방 항아리만큼 불룩해졌다. 부엌에서는 어머니가 철철 넘치는 막걸리 사발을 들고 조 서방에게 손짓을 하셨다. 그도 목젖을 불룩거리며 단숨에 그릇을 비웠다. 그들은 그렇게 고단한 하루의 수고를 달랬다.

어느 날 저녁이었다. 아버지와 어머니가 오월에 있을 할아버지 칠순 잔치에 어떤 돼지를 잡아야 할지를 의논하셨다. 나는 제일 먼저 넷째 우리에 있는 무녀리 어미 생각이 났다. 새끼를 열세 마리나 낳아 두 달 넘게 키워 모두 장에 내다판 지 얼마 되지도 않는 무녀리 어미, 게다가 성치 않은 무녀리도 있는데 하필 그 돼지를 잡는다는 것이었다. 나는 깜짝 놀라 어머니에게 대들었다.

"왜 꼭 돼지를 잡아서 잔치를 해야 돼? 불쌍하잖아."

"그래도 할아버지 칠순 잔치에는 손님도 많이 오시고, 늘 그랬단다. 아마 돼지도 그럴 줄 알고 있을 게다."

"거짓말, 죽고 싶은 돼지가 어디 있어?"

나는 울면서 집 밖으로 뛰쳐나갔다.

어릴 때 나는 사람과 동물이 다르다는 생각을 하지

않았다. 우리 집에서 키우는 소와 돼지도 늙어 죽을 때까지 같이 살아가는 식구인 줄 알았다. 말만 못하지 고통도 기쁨도 다 느낄 줄 안다고 생각했다.

언젠가 돼지가 새끼를 많이 낳아 젖 열두 개가 모자란 적이 있었다. 첫 번째로 문을 여느라 힘들어서 작게 태어난 무녀리는 젖을 차지하지 못해 늘 엄마 품에서 밀려났다. 그것이 불쌍해 수건에 싸안고 우유를 떠먹이면서 나는 생각했다. 왜 돼지는 한꺼번에 새끼를 이렇게 많이 낳는지, 왜 어른들은 돼지가 새끼를 많이 낳으면 젖이 모자라 굶는데도 좋아하는지 알 수가 없었다.

나중에 어른들이 어린 새끼들을 팔아서 돈과 바꾼다는 것을 알게 됐다. 그리고 돼지우리에 푹신한 짚을 넣어 주고 쌀겨와 시래기로 맛있게 죽을 쑤어 주는 것도 다른 속셈이 있어서라는 것도 알았다. 사람들이 동물에게 나쁜 짓을 하고 있는 것 같았지만, 그때 나는 그 애들을 위해 아무것도 할 수 없었다. 그건 어린 시절 나의 커다란 슬픔이었다.

오월 어느 이른 아침, '재너머 아저씨'가 우리 집에 나타났다. 사람들은 그분을 산등성이 너머에 산다고 그렇게 불렀다. 어쩌다 곧은 신작로에서 그분과 맞닥뜨리게 되면 너무 무서워서 옆 논두렁을 돌아 허겁지겁 도망쳐 집에 오곤 했다. 아저씨는 동네에서 소나 돼지를 잡을 때면 영락없이 등장했다. 무서워하는 것은 나뿐이 아니었다. 손에 아무것도 들지 않은 맨손인데도 그를 보기만 하면 우리 안에 있던 소나 돼지들도 고개를 외로 꼬고 아저씨를 똑바로 쳐다보지 못했다.

그날은 일요일이었다. 아침부터 조 서방은 마당에 짚을 깔고 황토를 뿌리며 준비에 바빴다. 나는 그 일이 시작되기 전에 도망가 있을 곳을 미리 생각해 두었다. 갯벌이 넓게 펼쳐진 바다였다. 그곳에 가서 게도 잡고 고동도 주우면 돼지 생각을 잊을 수 있을 것 같았다. 나는 점심때가 훨씬 지나도록 한참을 그렇게 바다에 있었다. 어느 때쯤인가 떠밀 듯 갯고랑을 타고 바닷물이 밀려왔다. 나는 잡은 게를 다 놓아 주고 할 수 없이 집으로 발길을 돌렸다. 해도 뉘엿뉘엿 바다로 들어가고 있었다.

우리 집이 빤히 보이는 길에 들어서니 동네 아저씨들이 지푸라기에 빨간 고깃덩어리를 한 묶음씩 들고 술에 취해 논두렁을 따라 집으로 돌아가고 있었다. 우리 집

마당에서는 동네 아이들이 돼지 오줌통에 바람을 넣어 차고 노는 소리가 시끄러웠다. 핏빛이 선연한 마당에서 내 귀에는 아직도 돼지의 비명이 들리는 것 같은데 동네 사람들은 술에 취해 웃고 떠들었다. 널브러진 굿판이 막 끝난 자리 같았다.

급히 집 안으로 들어갔다. 작은 광에는 길게 잘라 새끼 줄에 묶은 고깃덩어리가 시렁에 주렁주렁 매달려 있었다. 부엌에선 저녁 준비를 하는지 고기 냄새가 코를 찔렀다. 나는 돼지우리 쪽으로 뛰어갔다. 전에 어머니가 들려주었던 이야기가 귓가에서 맴돌았다.

자기 죽음을 직감한다는 돼지, 우리 안으로 들어간 사람이 자기를 해칠 것을 이미 알고 있단다. 가까이 오지 못하도록 우리 안을 뱅뱅 돌며 위협적인 소리로 상대방을 향해 저항하며 소리를 지른다고 한다.

"꿀, 꿀, 꿀." (누굴? 누굴? 누굴?)

그러다가 느닷없이 첫 번째 도끼머리에 정수리를 맞으면 고통과 놀라움에 비명을 지른다고 한다.

"꽥! 꽥! 꽥!" (주인댁! 주인댁! 주인댁!)

항상 밥 주고 자기를 보살피던 주인댁을 찾아 애절하

게 구원을 요청한단다. 결국 아무에게도 도움 받지 못하고 마지막 일격을 맞게 되면 숨을 헐떡거리며 절규한다고 했다.

"헐, 헐, 헐."(할 수 없다! 할 수 없다! 할 수 없다!)

돼지는 그렇게 애처로운 최후를 맞이한다는 것이다.

처음 그 이야기를 들었을 때는 그냥 웃었지만 그날 무녀리 어미도 그렇게 죽었을 모습이 떠오르자 가슴이 미어졌다.

텅 빈 네 번째 우리 구석에서 꼬리를 돌돌 말아 궁둥이에 붙인 무녀리가 공포에 질린 채 서 있었다. 나는 얼른 우리로 들어가 바들바들 떨고 있는 무녀리를 안아 주었다. 사람들은 왜 무녀리를 그렇게 슬프게 하는지, 다른 사람들은 어째서 슬프지 않은지.

무녀리 이야기는 내 어린 날의 화인처럼 지금도 마음 깊이 박혀 있다. 언제쯤이면 그때 말하지 못한 용서를 구할 수 있을지 나는 그걸 아직도 모르겠다.

들꿩 언니

둘째 언니는 내가 초등학교 일학년 때 담임 선생님이었다. 전교생이 백여 명이고 일학년은 두 반밖에 없는 작은 시골학교에서 유일한 여자 선생님이기도 했다. 조회 때 까만 치마 흰 저고리를 입은 언니가 옷고름을 팔랑거리며 남자 선생님들 틈에 서 있는 모습이 나는 그렇게 자랑스러울 수가 없었다.

아이들은 키 크고 예쁜 언니 반이 되고 싶어 야단이었다. 그런데 뜻밖에도 내가 1학년 2반인 언니 반에 배정되었다. 뛸 듯이 기뻤다.

그러나 기쁨은 잠깐. 언니가 두 가지 이유로 나를 다른 반으로 보내겠다고 식구들 앞에서 선언했다. 하나는 출석을 부를 때 내가 '네' 라 하지 않고 '응' 이라고 대답하는 것, 그리고 내가 아무리 공부를 잘 해도 일등을 시킬 수 없고, 반장도 뽑아 줄 수 없다는 게 두 번째 이유였다. 나는 내일부터 '네' 라고 대답할 것이고 일등이나 반장은 안 해도 좋다고 울면서 사정했지만 언니의 결심을 돌릴 수는 없었다.

다음 날 점심시간에 언니는 나를 1학년 1반에 데려다 놓고 가버렸다. 옆 우리로 잘못 들어간 새끼 돼지처럼 나는 한동안 교실 안을 빙빙 돌며 아이들 눈치만 보았다.

새 학기가 되자 학급에서는 여러 가지 행사가 시작되었다. 반장 선출에다 학예회에 나갈 배역도 뽑았다. 그런데 언니 반에 있었더라면 내 차지가 되지 못했을 반장과 학예회 '첫 무대 인사' 역할이 내게 돌아왔다.

언니는 나를 딴 반으로 보낸 미안함 때문이었는지 적극적으로 보살펴 주었다. 인사말도 직접 써주고 매일 다니는 등굣길 밤나무 숲에서 인사말을 외우게 하고 동작도 연습시켰다.

"여러분, 밭 갈고 씨 뿌리시기에 얼마나 고단하십니까? 오늘은 여러 학부모님들의 노고를 풀어 드리기 위하여…"

언니는 오른팔을 왼쪽 겨드랑이 밑에서부터 크게 뻗어 씨 뿌리는 흉내를 내며 머리를 숙이라고 했지만 나는 너무 부끄러워서 싫었다. 언니는 그 동작이 꼭 들어가야 한다고 고집했다. 어쨌든 학예회는 마을 잔치처럼 성대하게 치러졌고, 언니의 인기는 대단했다.

우리 집에서는 둘째 언니를 '들꿩'이라 불렀다. 큰언니처럼 다소곳하게 어머니를 도와 집안 살림은 배우지 않고 늘 학교 일이나 친구 만나는 일을 핑계로 돌아다녔기 때문이다. 학예회, 운동회, 환경정리 같은 학교 행사는 붓글씨도 잘 쓰고 그림도 잘 그리던 언니가 도맡았다.

그런 들꿩인 언니가 언제부터인가 말이 없어지고 행동도 조신해졌다. 학교가 일찍 끝나는 토요일 오후엔 나를 데리고 삼십 리를 걸어 읍내로 갔다. 언니가 밖에서 기다리면 나는 군청 학무과에 근무하던 김 선생에게 쪽지를 전했다. 김 선생과 언니는 만날 때마다 나를 가운데 세우고 플라타너스가 하늘을 가르고 초록색 질경이가 주단같이 깔려 있는 방죽길을 끝없이 걸었다.

"다리 아프지, 좀 쉬어 갈까?"

김 선생이 신문지를 깔고 언니를 앉혔다. 뒤이어 언니

의 나직한 웃음소리와 김 선생의 굵은 너털웃음 소리가 들렸다. 가끔 둘이서 부르는 '메기의 추억'이 둑 밑까지 들려오기도 했다. 나는 논둑에서 언니가 집에 가자고 부를 때까지 메뚜기를 잡았다. 돌아오는 길에 언니는 늘 내게 다짐을 했다.

"너 집에 가서 식구들에게 숙희 언니네 다녀왔다고 해야 한다!"

그 뒤에도 몇 번 더 언니 심부름으로 김 선생을 만나러 갔다. 책도 빌려오고 손수건에 무엇인가 싼 것을 전해 주기도 했다. 그럴 때마다 김 선생은 정답게 내 손을 잡아 주며 잘 가라고 머리를 쓰다듬어 주었다.

그런데 얼마 후부터는 내 심부름보다는 우체부 편에 편지가 배달되었다. 편지를 들고 과수원 깊숙이 들어간 언니가 나올 때는 눈이 빨갛게 부어 있었다.

어느 날 저녁, 언니를 가운데 앉혀놓고 아버지와 어머니가 심하게 꾸중하시는 소리가 들렸다. 언니를 윽박지르기도 하고 달래기도 하셨다. 언니는 울기만 했다.

"계집아이는 공부고 무엇이고 집 밖으로 내돌리는 것이 아니었는데…."

자책하시는 아버지의 말씀은 단호했다.

그 다음부터 언니는 말수가 줄어들고 학교 일 외에는 방에서 나오지 않았다. 김 선생을 만나는 것 같지도 않았다. 소문에는 그분이 다른 지역으로 전근을 갔다고 했다. 들녘을 맘껏 날아다니던 들꿩은 날개 내린 집꿩이 되어 집에 갇혀 있었다.

육이오 때 우리 집은 피난을 가지 않았다. 집에는 삼사십 명도 더 되는 도시의 먼 친척들이 밀려와 장터처럼 북적댔다. 우리 식구들은 모두 안채로 밀려들어왔다.

처음에는 멋모르고 신이 나서 언니를 따라 국군과 인민군이 교대로 들고나던 학교에서 아이들과 함께 노래도 부르고 그림도 그리며 놀았다. 그런데 점차 교실까지 피난민이 들이닥쳤고 학교는 더 이상 우리가 갈 수 있는 곳이 아니었다.

그것이 화근이 되었다. 언니가 전쟁 중에 학교에 나간 일로 경찰서에 가서 조사를 받게 되었다. 사람들은 시집도 가지 않은 처녀가 경찰서에 드나들었다고 수군댔다.

김 선생에 관한 소문도 떠돌았다. 아버지는 딸들을 집안에 가두고 대문 빗장을 걸었다. 부모님은 무엇보다도 딸들의 혼사를 걱정하셨다. 그때 나는 아버지 몰래 집안에 갇혀 있는 언니들에게 밖의 소식을 열심히 물어다 주는 '스파이' 노릇을 했다. 언니 친구들에게 책도 빌려다 주고 수실도 얻어다 주었다.

소문이 잠잠해지자 언니는 학교에 복직했다. 전 같지는 않았지만 다시 열정을 가지고 학교 일을 돌봤다. 그 후 늦은 나이에 중매 결혼을 했고 자녀들 교육에도 열성이었다. 칠십 나이에도 서예에 몰두해 전시회도 여러 번 열었다. 그러나 언니는 여느 여자들과는 다르게 시대적 변화에서 받았던 깊은 상처를 쉽게 치유하지 못하는 것 같았다.

언니 말년에 딸이 살고 있는 일본에 갔었다. 마침 손녀학교 학부모 모임에 참석한 일이 있었는데, 일본 선생님이 언니가 선생님이었다는 걸 알고 아이들에게 한국에 대하여 간단한 소개말을 해 달라고 청했단다. 언니는 일제 강점기에 다녔던 소학교 시절 이야기를 했다.

"우리가 다니던 소학교 시절에는 학교에서 우리나라 말을 사용하지 못했습니다. 그때는 전쟁 중이어서 모든 학생들은 일본어로 공부를 했답니다. 처음에 우리끼리

는 우리말로 놀았지만 차츰 놀 때도 일본말을 사용해야
했습니다. '술래'라고 쓴 목걸이를 만들어 목에 걸고 놀
다가 엉겁결에 한국말을 하는 아이에게 그 팻말 목걸이
를 씌웠답니다. 결국 맨 마지막에 그걸 목에 걸고 있는
아이가 선생님께 벌을 받기도 하고 변소 청소를 하기도
했지요. 그 덕분에 나는 이렇게 일본말을 하게 되었습니
다. 그러나 지금 우리나라 어린이들은 세계 어느 나라
말이든 마음대로 배우고 있답니다."

차분한 목소리로 한국의 할머니가 들려주었을 우리나
라의 아픈 상처를 일본의 어린 세대들이 얼마나 알아들
었을까?

언니는 개혁기의 여성으로 역할 담당을 했던 사람이
었다. 그러나 아깝게도 여자라는 사회적 시각 때문에 모
든 꿈을 펴지 못하고 포기했다. 꿈도 사랑도 마음대로
가져보지 못하고 살다간 안쓰러운 언니. 언니가 가던 오
월, 장지에서는 개구리가 유난하게 울어댔다.

그림자 같고 이슬 같고
번갯불 같은 것이니

올케에게서 등기우편이 왔다. 오빠 유품을 정리하다가 '중요한 편지, 버리지 말 것'이라 쓴 낡은 상자를 찾았다며 그 속에 어릴 때 내 편지가 있어 보낸다는 연락이 왔었다. 오십여 년 동안이나 오빠가 간직했던 내 편지가 되돌아왔다고 생각하니 손이 떨려 왔다.

내 바로 위인 오빠. 어릴 때부터 우리는 친구처럼 친하기도 했지만 다투기도 많이 했다. 우리 형제들은 고향에서 초등학교를 졸업하고는 진학을 위해 고향을 떠났었다. 그래서 가족과 함께한 추억은 십여 년 정도밖에 되지 않았다. 그 짧은 시간 속에서도 어릴 적에 오빠와 나는 사사건건 짓궂게 놀리고 다투면서 컸다.

어릴 때 내 이름 앞 자는 '순'자였고 오빠는 '권'자였다. 그런데 오빠는 '권씨'는 있는데 '순씨'는 없다고 공연한 트집을 잡아 나를 놀렸다. 아무리 주변 사람들에게 물어봐도 '순씨'는 없었다. 견디다 못한 나는 어느 날 꾀를 내어 "오늘 우리 반에 '순영식'이라는 애가 전학 왔다" 하고 자랑하듯 당당하게 말했다.

그런데 웬일로 오빠는 별 반응을 보이지 않았다. 이제 살았다 싶었다. 하지만 다음 날 점심시간에 오빠가 우리 반으로 나를 찾아왔다.

"누가 순영식이냐? 어디 그 애 좀 보자."

물론 그런 애가 있을 리 없었다. 그렇게 오빠는 내 일에 사사건건 달려드는 천적같이 굴었다.

초등학교 때 시골 우리 집엔 신문이 배달되지 않았다. 아버지와 큰오빠는 늘 나에게 학교에 가서 며칠 지난 신문을 빌려 오라는 심부름을 시켰다. 그러다 보니 자연히 어릴 적부터 나도 신문 읽기에 관심을 갖게 되었다. 연재소설이나 흥미 있는 기삿거리를 찾아 읽는 재미가 쏠쏠했다.

어느 날 나는 신문에서 아주 마음에 드는 시를 발견했

다. 가슴이 떨렸다. 어린 나에게도 그 시는 너무 아름다웠다. 적막한 시골 겨울밤, 대나무 숲에서 들리던 대 부딪치는 소리, 한밤중 공중에 높이 떠서 세상을 내려다보던 달, 늘 푸르게 서 있던 소나무. 그런 시골 풍경 그대로를 내 마음과 똑같이 쓴 시였다. 누군가 먼저 썼을 뿐, 그건 내가 쓴 글이나 마찬가지였다.

그래서 그 시를 내가 지었다며 서울에 있는 오빠에게 편지와 함께 보냈다. 물론 그 신문을 서울에 있는 오빠가 보리라고는 꿈에도 상상하지 못했다.

그 시는 윤선도의 '오우가'였다. 그 시가 얼마나 유명한 시인 줄도 모르는 시골 초등학생이 문학도이고 나의 천적이었던 오빠에게 자작시라고 보냈으니. 그때부터 나의 고난은 시작되었다

"다들 이 애 건드리지 마. 이 앤 오우가를 쓴 애야."

"이 애 시가 신문에 났잖아."

누가 나에게 꾸지람을 할라치면 나를 비꼬며 놀려댔다. 그 일 때문에 나는 오랫동안 오빠 앞에서 주눅이 들어 있었다. 그런 연유에선가 사춘기에 읽은 유명작가들의 책에서 내 생각과 같은 문구나 표현이 나오면 얼른

책을 덮어 버렸다. 그런 습관은 오래도록 나를 모방이라는 트라우마에서 벗어나지 못하게 했고, 후에 그런 버릇이 청소년기의 독서량을 줄어들 게 한 건 아닌지 하는 생각을 한 적도 있다.

하지만 풀리지 않을 것 같던 오우가 사건도 우리가 성장하면서 자연스럽게 세월 속에서 희석되어 갔다. 그건 오빠와 내가 문학이라는 동질의 감성에 심취해 편지나 글을 주고받으며 서정적 표현으로 멋을 부리던 시기였다. 그러나 나는 어떤 면에서는 그 사건으로 모방이 글을 쓰는 데 그리 나쁜 영향을 주는 것만은 아니라는 위안을 갖게 되긴 했다. 지금도 아이들이 아주 엉뚱한 거짓말을 하면 눈을 가만히 마주보며 들어준다. 그건 그 애의 꿈에 대한 예우라고 생각하기 때문이다.

우리가 친해진 것은 오빠가 학부 여름방학에 경남 사천의 '다솔사'로 집필여행을 떠난 후인 것 같다. 그 무렵 오빠는 효당 최범술 스님에게 불교 원리를 사사하며 정신적·학문적 전환을 이루던 즈음이었고, 모교에서는 시인 조지훈 선생 문하에서 국문학을 전공하고 있었다. 그때 오빠는 대학 3학년이었고 《한용운전집》 저술 때문에 자료정리를 하러 절에 들어가 있었다.

몇 년 전 백담사 근처 '한용운기념관'으로 문학기행을 갔었다. 전시실 유리관을 보다가 나는 깜짝 놀랐다. 오빠가 저술한 《한용운전집》이 소중히 보관되어 있었다. 바로 그 책이었다. 그때의 노력이 지금 후학들에게 학문의 지평을 넓히는 데 큰 역할을 했다고 생각하니 새삼 오빠가 자랑스러웠다.

한적한 산사에서 온전히 불교식 생활을 하며 책을 집필하던 오빠는 여름방학에 시골집에 내려와 있던 나에게 틈틈이 편지를 보냈다. 집안 어른들 안부를 묻는 내용이었지만 효당 스님에게 〈반야심경〉 강의를 들으며 깨달은 정신적 희열을 적어 보내기도 했다. 고등학생이었던 나에게는 어려운 내용이었지만 오빠가 느꼈던 불교의 선사상은 사춘기인 내게 큰 감동을 주었고 불교에 대해서도 많은 영향을 받았다.

후에 오빠의 학문에 대한 의욕은 차츰 학계에서 두각을 나타내며 활발한 저술 활동을 전개해 나갔다. 《한용운 연구》뿐 아니라 《한국민속학사》《고려시대 불교시의 연구》《토끼전 · 수궁가 연구》 등과 《석보상절 연구》《보각

국사 일연 연구》등 불교문화 연구를 꾸준히 확대해 나갔다. 대학에서도 많은 후학을 길러냈다. 또 일본의 교토대, 메이지대, 미국 하와이대에서 초빙교수를 지냈고 그 공로로 정부로부터 훈장을 받기도 했다.

오빠는 어려서부터 병약했다. 큰오빠가 젊어서 가시고 남은 둘째와 막내오빠는 딸 많은 우리 집안에서 어른들의 사랑과 염려 속에서 자랐다. 여름이 오면 할아버지는 제일 부드럽고 쪽 곧은 왕골 속대를 부드럽게 물에 적셔 돗자리를 짰다.

할아버지는 어릴 적부터 당신 품에서 한문을 가르치던 오빠를 유난히 사랑했다. 여름방학이 되어 마당 가 배롱나무 꽃이 활짝 필 즈음 서울에서 내려올 손자들을 위해 꽃나무 밑에 깔아 줄 돗자리를 곱게 짰다. 어머니도 그때쯤에는 오빠들이 입을 모시 겹적삼을 풀 먹여 빳빳하게 다려 놓았다.

그러나 우리 형제들은 같은 서울에 살면서 제각각 생활에 매여 오빠가 학계에 쌓아 놓은 업적을 들여다볼 여유를 갖지 못했다. 말년에 오빠가 병상에 누워 책을 놓았을 때 그 많은 학문적 가치가 오빠와 함께 사라질 것을 생각하니, 좀 더 일찍 가까이에서 듣고 배우지 못한 것이 아쉽고 후회스러웠다.

오빠는 점점 병석에 눕는 날이 많았다. 어떤 때 집에 가 보면 아픈 중에도 박사과정에 있는 제자들을 서재에 불러 놓고 침대에 비스듬히 누워 강의를 하고 있었다. 건강이 나빠져 가는데도 평소의 유머와 농담은 잃지 않았다. 마지막 2주 전 병실에 갔을 때 시트를 바꾸느라 여럿이 오빠를 들고 이리저리 굴렸더니 "왜 아픈 사람을 제사 닭 뒤집듯 하는 거지?" 하면서 그 와중에도 우리를 웃겼다.

그러던 오빠가 해가 바뀌자 일주일 먼저 간 형을 따라 황망하게 떠나 버렸다. 생전에 두 형제는 우리가 부러울 만큼 사이가 돈독했다. 그러나 아무리 의가 좋았다 하더라도 어떻게 죽음의 길까지 나란히 갈 수 있을까.

둘째 오빠는 우리에게 아버지 같은 분이었다. 사업에 늘 바쁘면서도 부모님 슬하를 일찍 떠난 어린 동생들이 낯선 환경에 움츠리고 있을 때 가장 역할을 하며 보살펴 준 고마운 오빠다. 더욱이 병약한 남동생을 끔찍이 사랑했다. 돌아가시기 얼마 전 병실을 찾았을 때 오빠는 우리 손을 꼭 잡았다.

"미안하다."

야윈 볼 위로 눈물이 흘러내렸다. 평소 과묵했던 오빠의 그 말은 우리 마음을 아프게 했다. 그날 오빠는 어둔한 말투로 생전에 못했던 한마디라도 더 하려는 듯 애를 썼다. 더욱이 내가 초등학교 3학년 때 음악 콩쿠르에 나가 불렀던 곡목까지 기억해 내 우리와 함께 노래를 불렀다. 모두 목이 메었다. 오빠의 문병은 항상 마지막 날이었고 사랑한다는 말도 늘 마지막 말이었다. 그날 이후 오빠들을 다시 보지 못했다.

이제 오빠 두 분은 가셨다. 각자 자기 인생의 몫을 다하고 떠나셨다. 평생 가족을 위해 헌신하고도 '미안하다'는 말로 끝을 맺은 둘째 오빠. '삶에는 끝이 있으나 앎에는 끝이 없다'는 장자의 명구를 좌우명 삼으며 학문의 마무리를 무엇보다 아쉬워했던 막내오빠.

나는 두 분 오빠께 금강경 32분分 중의 경구를 바치려 한다.

"일체 현상계는 꿈이요, 허깨비요, 물거품이요, 그림자요, 이슬 같고, 번갯불 같은 것이니."

피고 대한민국에게 묻는다

어느 날 집으로 생전 보지도 듣지도 못하던 이름의 세금고지서가 날아왔다. '택지초과부담금'이라는 통지였다. 그날부터 나는 예상치도 않은 '법'이라는 괴물에 휘둘리기 시작했다. YS정권이 들어서면서 비장한 '캐치프레이즈'를 내걸었다.

'땅 많이 가진 사람에게 고통을 주겠다.'

그런 으름장을 놓을 때만 해도 민선 대통령의 신선함에 박수를 보냈다. 그런데 여러 가지 현실에 부합되지 않는 세제 개혁안이 거론되기 시작했다. '초토세'니 '택지초과부담금'이니 생소한 세금 목록이 발표되었다. 사람들은 고개를 갸우뚱했다. 그때만 해도 나와는 상관없는 일이라 강 건너 불 보듯 무관심했다.

'택지초과부담금'이라는 세금은 우리나라 6대 도시에 주택을 지을 수 있는 택지를 모두 합해서 이백 평 이상 소유하고 있는 사람에게 내리는 중과세였다. 처음엔 이 세금이 나와 연관이 있다는 생각은 하지도 못했다.

70년대 말 아이들이 초등학교 들어갈 무렵 더 넓은 집이 필요한 우리는 집터를 보러 다녔다. 그때는 재테크 같은 개념은 전혀 알지도 못했다. 다만 보내고 싶은 아이들 학교가 강남에 있었고, 마침 그 근처에 아담한 부지가 마음에 들어 거의 계약을 할 생각이었다.

그런데 집으로 돌아오는 길에 우연히 북한산 기슭을 둘러보았다. 잔잔한 소나무 숲에 사방이 북한산, 인왕산, 삼각산으로 둘러싸인 경관에 매료되어 그만 강남 생각은 까맣게 잊고 북한산 동네로 마음을 돌렸다. 자연환경도 좋고 땅도 넓은데다가 경제적으로도 훨씬 부담이 적었다. 결국 우리는 그 소나무 숲에 집을 지었다.

집을 짓다 보니 계획보다 너무 커져 버렸다. 아이들 키울 때는 몰랐는데 아이들이 커가고 점점 식구가 줄어들면서 집이 부담스러워지기 시작했다. 때마침 나와 비슷한 생각을 하고 있던 동네 친구가 내게 귀띔을 했다. 산 밑에 아주 싸고 예쁜 땅이 있는데 그 땅을 사서 둘이 나누어 집을 짓고 이웃해 살자고 했다. 부담스러운 큰 집은 팔면 되지 않겠느냐며 꼬드겼다. 땅도 훨씬 작고 가격도 아주 마음에 들었다. 그래서 남편이 장기출장 중이어서 내 이름으로 덜컥 계약을 해 버렸다. 소나무가 우거진 산자락 끝의 그 땅은 오래 두어도 별 탈이 없을 성싶었다.

그게 화근이었다. 그 후 양쪽의 집과 땅은 모두 쉽게 팔리지 않았다. 그러나 정권이 바뀌면서 새롭게 생긴 세제로 인해 예고 없는 세금 철퇴를 맞게 될 줄은 몰랐다. 부동산 투기를 위한 것이 아니라 집을 줄이려 했던 의도와는 달리 나는 졸지에 6대 도시에 이백 평이 넘는 택지를 가진 '고통받아야 마땅한 사람'이 되고 말았다.

열흘 단위로 날라오는 고지서의 세금 액수는 상상을 초월했다. 그날부터 나는 국세청 민원실이나 구청 세무과, 지적과를 찾아다니며 이 세제의 부당성을 알아봤다. 그 당시 우리 동네는 주택공사에서 산을 깎아 택지를 만들어 매각했기 때문에 필지들이 크게 분할되었다. 그러다 보니 같은 걱정으로 나온 동네 사람들을 곳곳에서 만나게 되었다. 우연히 북한산 국립공원에 많은 땅이 인접해 있는 문제로 고심하던 분을 만났다. 그분은 동네에서 가끔 뵙던 변호사였다.

답답하던 차에 나는 그분에게 법적 대응 문제를 의논했다. 그는 여러 번 고소도 해 보고 항소도 했지만 번번이 패소했다는 것이었다. 이제는 더 이상 이름이 알려져 대응이 어려우니 나보고 한번 해 보겠느냐고 물었다. 여러 사람이 문제삼는 것이 해결에 효과가 된다고 했다.

하지만 '법' 자의 ㅂ도 모르는 내가 고소 절차를 밟을 줄도 모르고 게다가 승산 없는 사건에 비싼 변호사 선임료까지 낼 수는 없다고 잘라 말했다. 그분은 자기가 해 본 사건이니 도와줄 수 있다면서 내일부터 자기 사무실에 나오라며 명함을 주었다.

과연 국가는 국민에게 도덕적으로 얼마나 차별 없는 법을 만들어 낼 수 있을까? 또 우리는 그 법의 혜택을 얼마나 받고 있는가? 서초동 법원 거리를 지날 때마다 위엄있게 서 있는 석조 건물들과 관련된 많은 간판들을 보면서 나는 이런 의구심이 생길 때가 많았다. 그리고 그곳에서 일하는 사람들이 죄와 벌의 균형을 위해 노력하는데도 불구하고 거기에서 발생하는 일들이 자기와 연계되는 것을 두려워하고 있다. 나도 그랬다.

무리인 줄 알면서도 나는 일주일에 두 번 강남역 근처에 있는 그분 사무실을 나가기로 했다. 부정적인 생각이 더 많은 사실을 무작정 덮어 두고 싶지 않았다. 우선 사무실 서가에서 그가 책을 뽑아 표시해 준 부분만 읽었다. 무슨 말인지 이해가 가지 않았지만 오래된 신문 스크랩과 내 고소사건과 비슷한 판례문을 반복해서 읽다 보니 어느 정도 사건 개요가 머리에 들어왔다.

일을 하다 보니 혹 예외라도 생기지 않을까 하는 희망이 들기도 했다. 그래서 될 수 있으면 감성에 호소하는 고소장을 써야겠다고 생각했다. 얼마나 열심히 썼는지 그가 웃으며 말했다.

"웬만한 사무장보다 나은데요. 아예 우리 사무실에 근무하시죠."

이렇게 해서 변호사 사무장이 된다면 누가 그 어려운 법 공부를 하겠느냐고 나도 농을 받으며 웃었다.

변호사도 없이 나는 혼자서 열심히 챙긴 1심 재판 서류를 들고 법원으로 갔다. 처음 들어가 보는 곳이라 무척 떨렸다. 물어물어 인지를 사서 고소장에 우표처럼 꼭꼭 붙였다. 그리고 희망적인 답장을 기다리는 마음으로 창구에 제출했다. 1심 판결은 이십여 일 후에 집으로 연락이 갈 것이고 결과에 따라 재심을 청구할 수 있다고 했다.

나는 이 재판을 이길 것으로 생각지는 않았다. 다만 국민을 소중히 모신다는 새 정부가 들어서자마자 오랫동안 살아온 국민의 제반 사정도 배려하지 않고 예고 없이 엄청난 세금을 물리는 부당한 조치에 항의라도 하고 싶었다.

예상대로 1심은 패소였다. 2심 재판을 놓고 변호사인 그분과 의논했다. 결과는 뻔할 것 같은데 인지대만 날리지 말고 재심 청구를 그만두라고 했다. 오히려 공연히 부추긴 것을 미안하게 생각하는 것 같았다. 그러나 나는 재심을 청구하기로 했다. 재심까지는 인지대도 많지 않았고 고등법원 재판에 꼭 참석해서 재판 과정을 보고 싶었다.

얼마 후 집으로 1심 판결문과 2차 공판일, 그리고 원고와 피고의 인적사항이 자세히 기록된 등기가 배달되었다. 그런데 피고의 이름이 이상했다.

원고 : 인연정

피고 : 대한민국

내 성도 희성이어서 '임'이나 '안'으로 발음하는 걸 고쳐 주느라 평생 고생하는데 대씨라니!

어쨌든 나는 다시 사무실에 나가 2심 재판 준비에 전력을 다했다. 그리고 날짜에 맞춰 법원에 출두했다. 재판정은 3층에 있었다. 웬만한 사건들은 모두 변호사들이 무거운 서류가방을 들고 대리로 나오거나 아니면 원고나 피고의 신변을 보호하듯 사무직들이 따라 나와 있었다.

아직 앞 재판이 끝나지 않았는지 내가 들어갈 재판정 문 위에 '개정중'이라는 빨간불이 들어와 있었다. 한참 후 문이 열리고 많은 사람들이 각기 다른 표정으로 몰려 나왔다. 그 다음이 내 차례였다.

재판정 안은 교회 내부 같았다. 맨 앞 판사들이 앉아 있는 좌석을 향해 의자들이 비스듬히 층 지어 놓여 있고 양 옆에는 변호사와 증인들로 보이는 사람들이 마주 앉아 있었다. 엄숙한 줄만 알았던 장내는 시끄러웠다. 어린 아이를 안은 젊은 부녀자도 있고, 시골에서 올라온 듯한 노인들도 있었다.

차례대로 공판이 시작되었다. 판사들과 변호사들이 서류를 들고 심리하는 것 같았다. 앞에 분들의 재판 과정을 보니 말소리가 잘 들리지는 않았지만 대체로 원고나 피고는 참석 여부만 체크하고 그들에겐 묻는 말도 대답하는 말도 별로 없었다. 고소장이나 항소 내용으로 모든 심사를 한다지만 부당한 처사에 말 한번 못해 보는 재판에 뭐하러 참석했나 싶었다. 재판정에서 가끔 주먹다짐이 생기는 이유를 알 것 같았다.

드디어 내 차례가 되었다. 원고인 내 이름이 호명되었다. 그리고 바로 피고 이름이 호명되었다. 도대체 나와 재판을 하고 있는 피고인은 어떤 사람인가. 그런 이름을 가진 사람이 누구인지 똑바로 보고 싶었다. 나는 옆줄에 있는 피고석을 뚫어지게 쳐다봤다. 그런데 일어서서 대답하는 사람은 중간 키에 평범한 삼십 대쯤의 젊은 남자였다. 나와 심혈을 기울여 싸우는 상대가 아주 왜소해 보여 조금 실망했다.

그런데 판사가 종로구청 주사 김ㅇㅇ이라고 부연설명을 했다. 그제서야 나는 확실하게 사태 파악이 되었다.

그는 대한민국을 대신해서 내 재판에 피고로 대리 출석한 구청 공무원이었다. 내가 지금까지 거대한 나의 조국과 재판을 하고 있었다니! 놀라지 않을 수 없었다. 그리고 대한민국을 대씨 성을 가진 사람으로 알고 있는 세상 물정 모르는 소시민에게 국가가 하는 짓이 너무 실망스러웠다. 거대한 하마 앞에 물쥐 꼴만도 못했다.

내가 나의 조국 대한민국을 어떻게 이길 것인가? 이만하면 됐다 싶었다. 절차상으로라면 2차 판결문을 받는 즉시 대법원에 마지막 상고를 해야 했다. 하지만 나는 그만두기로 했다. 인지대가 엄청나게 많아진 이유도 있었지만 바위에 계란 몇 개 더 던지느니 차라리 그 바위를 더럽히지 않는 것이 국민의 도리가 아닐까 하는 생각이 들었다. 많은 사람들이 법적 문제에 항변 한번 제대로 못해 보고 열심히 번 돈을 이유도 모른 채 국고에 바치는 부당함을 밝혀 보려는 사람도 있다는 것을 보여 주고 싶었을 뿐이다.

나도 모르는 사이에 6대 도시에 이백 평이 넘는 택지를 가진 사람이 된 나는 매일 달러 이자처럼 불어나는 세금을 버틸 수가 없었다. 세금은 세금대로, 산 밑 작은 땅은 땅대로 매입가의 3분의 1도 못 되는 헐값에 던져 버리고 말았다.

YS정권이 끝나자 DJ정부가 들어섰다. 그리고 얼마 안 가서 그 '택지초과부담금'이라는 세법은 폐지되었다. 왜 폐지됐는지, 낸 사람의 억울함은 어찌해 준다든지, 자세한 해명도 듣지 못했고 설명해 주는 사람도 없었다. 그냥 슬그머니 없어졌다. 그때까지 엄청나게 누적된 세금을 한 푼도 내지 않고 버틴 용감한(?) 사람들은 세금도 내지 않고, 땅도 내던지지 않고, 부당한 이득을 챙기는데 아무 하자 없던 사람들. 그들은 행운아였다.

정직하게 세금 내고 법을 지킨 나 같은 사람들은 누구에게도 보호받지 못했으니, 과연 우리가 보호받을 도덕적 법체계는 누구를 위해 어디에 있는 것인지, 나는 피고 대한민국, 그대에게 묻고 싶다.

일엽 스님 친견기

나는 가지고 있는 물건을 잘 버리지 못하는 습성이 있다. 그러다 보니 오래된 책장 위 칸에는 몇십 년 꺼내 보지도 않은 상자 하나가 있다. 내가 십 대부터 썼던 일기장, 몇십 년 동안 가족들과 주고받았던 편지와 결혼 후부터 써 온 가계부, 그리고 문학의 열정으로 틈틈이 써놓았던, 지금은 잊혀진 작품들이 들어 있을 것이다.

아는 체하면 감당할 수 없이 달려들어 동행하자고 할 것 같아 모른 체 외면하고 살아온 게 수십 년이다. 그런데 언제부터인가 자꾸만 그것들에게 관심이 가기 시작했다.

어느 날 마음먹고 '타임캡슐'을 열어 보듯 빛바랜 상자를 꺼냈다. 누렇게 들뜬 종이에 낯선 필체로 빼곡히 적어 놓은 노트들이 차곡차곡 쌓여 있었다.

날짜가 단기檀紀로 되어 있었다. 만세력을 찾아 서기西紀로 바꾸었더니 일기 쓴 시기가 무려 오십여 년이 넘는 옛날이었다. 갑자기 마음이 숙연해졌다. 고전을 읽듯 한 장 한 장 넘기다가 나는 문득 어느 문장에선가 눈이 멈추었다.

"나는 지금 호롱불 밑에서 이 글을 쓰고 있다. 여기는 천신만고 끝에 자정을 넘어서야 겨우 찾아온 견성암見性庵이다. 이곳은 김일엽金一葉 스님이 계신 암자다. 나는 스님을 뵙고 싶어서 여기에 왔다."

거기까지 읽고 나니 아주 오래전 일이지만 나는 그날 일들이 또렷하게 떠올랐다.

산속의 어둠이 삽시간에 계곡을 따라 물밀듯이 밀려들었다. 조금 전까지도 소나무 사이로 수많은 빗금을 치던 황금빛 햇살은 어디로 숨었는지 금방 산속이 어둠에 휩싸이기 시작했다. 숲속의 어둠이 이렇게 빨리 기습해 올 줄은 몰랐다. 방향을 잃은 나는 당황하기 시작했다.

낯에 수덕사에서 만난 스님의 충고를 귀담아 듣지 않은 것이 새삼 후회되었다. 그 스님에게 김일엽 스님을 뵈러 왔다며 어디 계시냐고 여쭸더니 견성암에 계신다고 했다. 그 암자는 여기서 산속으로 이십여 리를 더 올라가야 하는데 곧 어두워져서 이십 리 산길은 혼자 위험하다며 극구 말렸다. 더구나 일엽 스님께서는 아무나 접견하지 않으신다는 귀띔도 해 주었다. 그런데도 나는 스님을 뵙고 싶은 욕심에 어둡고 험한 산속으로 견성암을 향해 떠났었다.

그 무렵 나는 문학의 열정에 빠져 있었다. 분별없이 조숙했던 나는 문학에 관계되는 모든 것들로부터 고립된 편견과 오만한 사색에 심취해 있었다. 읽기 버거운 책도 겁없이 펼쳐들던 때였다. 아마 그 무렵이었던 것 같다. 일엽 스님을 만나 뵙겠다고 험한 산길을 밤중에 달려갈 용기가 난 것은.

우리나라 대표적 신여성으로 이화학당에서 수학하시고 일본 유학까지 다녀온 분께서 왜 삭발을 하고 입산을 하셨을까? 《신여자》를 창간하여 여성 해방을 부르짖고 자유연애를 구가하던 신여성이 무엇 때문에 세상으로부터 운둔을 했는지 알고 싶었다.

캄캄한 산속을 얼마나 헤맸던지 견성암에 도착한 것은 자정이 훨씬 넘어서였다. 한밤중에 느닷없이 찾아든 소녀의 등장으로 잠시 소란이 일었다. 전기도 없는 암자에는 잠에서 깨어난 스님들이 호롱불을 켜들고 웅성거렸다. 어떤 스님은 날 보고 정색을 하며 말했다.

"이 밤중에 호랑이한테 물려가지 않고 찾아온 걸 보니 부처님의 가피를 받은 게 분명하구먼."

스님들은 내가 찾아온 이야기를 듣더니 일엽 스님은 내일 아침에 뵙도록 하라면서 새벽 기도 때까지 법당 옆방에 잠시 있으라 했는데, 아마 그 방에서 그 글을 썼던 것 같다.

견성암은 깊은 산속에 있는 암자치고는 꽤 크고 깨끗했다. 오십여 명의 비구니 스님들이 불법 정진에 매진하고 있었다. 새벽 예불을 끝내고 상좌 스님께서 나를 부르셨다. 내 이야기를 조용히 들으시더니 무모한 내 행동을 질책하셨다. 절은 마음의 일시적 충동으로 찾는 곳이 아니고, 더구나 덕 높으신 스님은 아무 때나 불쑥 찾아와 알현하는 게 아니라고 하셨다. 올라올 때 마음으로는 견성암에서 며칠 묵으며 기도도 하고 글도 쓰려 했지만 그건 내 철없는 희망이었다.

그래도 아침 공양 후 못 뵙고 갈 줄 알았던 일엽 스님을 친견하라는 허락을 받아 마음이 놓였다. 나는 일엽 스님을 불교계의 큰스님으로 친견하고 싶었다기보다는 내가 태어나기 전 이미 우리나라 여성 문단의 거목이셨던 문인으로 뵙기를 원했었다.

삼배를 올리고 처음 뵌 스님은 부처님 모습같이 온화하셨다. 내가 생각했던 세간의 숱한 염문으로 찬사와 비판을 받았던 유명 여류작가의 모습은 아니었다. 내 앞에는 가사장삼을 두른 근엄한 스님 한 분이 앉아 계실 뿐이었다. 그때 세수歲首 육십이 넘으셨고 출가한 지도 십여 년이 지났는데도 희고 고운 피부와 존귀한 모습은 세속의 잡념을 모두 떨친 듯했다. 나는 갑자기 스님의 문학적 업적과 작품에 대해 여쭙고 싶었던 질문이 꽉 막혀 버렸다.

스님께서는 내가 사춘기의 치기로 삭발이라도 하러 온 겁없는 소녀가 아닌가 싶은지 굵고 검은 뿔테안경 너머로 자세히 훑어 보셨다.

"볼우물이 패였구먼. 고향을 떠났나?"

날카롭게 응시하면서도 안심시키려는 듯 가볍게 말을 꺼냈다. 나도 오히려 스님과의 대화를 문학보다는 스님의 철학적 고뇌가 종교와 더 깊은 관계가 있는 듯하여 그런 대화가 편할 것 같았다. 내가 조심스럽게 말을 꺼내려 하자 스님이 먼저 말씀하셨다.

"삶은 허상으로부터 벗어나야 하며 인간은 형이상학적인 존재에 근본을 두고 있다. 동서양의 견해 차이가 있는데 특히 동양의 경우에는 형이상학적 진리를 직접 경험으로 체득해야 한다."

이 말씀만 겨우 알아들었을 뿐, 다른 말씀은 이해할 수가 없었다. 그리고 "지금은 열심히 공부할 시기이니 허둥대지 말고 수학에 전념하라"는 당부를 잊지 않으셨다.

그때 나는 십 대였고 내 식견으로는 스님의 말씀을 알아듣기가 너무 어려웠다. 다만 나는 세상의 편견과 시비로부터 스님이 은둔하신 이유만 어렴풋이 짐작했다. 새파랗게 밀어 버린 삭발에서는 여성으로 태어나 선구자적 삶을 감당해야 했을 번뇌도 이해할 것 같았다.

그렇게 일엽 스님과의 친견은 문학의 이상을 알고

싶어 찾아갔던 나에게 오히려 종교적 의문만 안겨 주었다. 종교와 문학의 베일에 가려 세간에 궁금증이 많았던 사람들에게 스님의 심오한 뜻을 말해 주는 건 너무 어려운 일이었다. 다음에 내가 많은 인생을 경험한 후 다시 스님을 찾으리라는 마음으로 아쉽게 하직할 수밖에 없었다.

아침나절, 견성암에서 내려오는 내 마음은 아주 가뿐했다. 산길은 환하게 앞이 내다보였다. 전날과는 너무 달랐다. 지난밤엔 길이 없는 숲길이었고 나무뿌리에 걸려 넘어지고 방향도 분간하지 못했다. 그런데 오늘 내려가는 길엔 돌계단이 가지런히 놓여 있었다. 전혀 같은 길 같지 않았다. 어찌된 일일까? 이 모든 일이 내 십 대의 일탈이었을까? 부처님이 보여 주신 환몽이었을까?

몇십 년이 지나 꺼내 본 일기장에서 나는 잊을 뻔했던 소중한 과거의 한순간을 만났지만 그 의문은 지금도 가시지 않았다. 그건 젊은 날 철없던 일탈도, 가슴 뛰던 추억도 아니었다. 내 순수한 용기였고, 다시는 걸어 볼 수 없는 청춘의 발자국이었다.

핸드폰과 함께 춤을

피트니스센터에 갔더니 옆 테이블에서 '라인댄스' 회원을 모집하고 있었다. 작년에도 보았던 터라 무심히 지나쳤다.

그런데 갑자기 '댄스' 라는 단어에 묘한 호기심이 발동했다. 요즘 들어 부쩍 처져 가는 일상에 활력을 불어넣고 싶었던 것일까. 라인댄스는 말 그대로 앞줄 옆줄 잘 맞추고 음악에 따라 율동을 반복하면 된다는 안이한 생각도 들었다.

'궁리가 길면 기회를 놓친다' 고, 무조건 되돌아가서 가입했다. 나로서는 과감한 결정이었다. 만일 내 성분비成分比을 정靜과 동動으로 구분한다면 아마 나는 극정極靜

에 속할 것이다. 정은 늘 우위여서 동에 사사건건 참견하고 제지하는 수직 관념을 바꿀 기회를 찾고 있던 참이었다. 좋은 기회다 싶었다.

첫 참관일에 가 보니 여자 선생님이었다. 요즘 여성들이 선호하는 스포츠 선생님은 근육질에 미남형 연하남이어야 한다는데, 그래야 나태해진 중년 여자들의 잠자는 열정에 불을 붙여 '엔도르핀'을 나오게 한다는데.

그런데 우리 선생님은 작은 체구에 단단한 근육으로 똘똘 뭉친 다부진 여성이었다. 흔들어 댈 때마다 폭발하는 곡선이 여간 선정적이지 않았다. 어쩌면 저렇게 모든 근육을 골고루 움직일까, 오히려 남자 선생님보다 더 역동적이고 매력적이었다. 동작할 때마다 거침없이 질러 대는 호령 또한 이제까지 늘어진 몸을 소리쳐 깨우기에 충분했다.

"옆, 뒤! 옆, 앞! 차차, 라~겐."

구령에 맞춰 일 년 먼저 시작한 이십여 명의 몸짓이 예사롭지 않았다. 중년 여자의 자태가 저리도 요염할까. 까만 댄스 슈즈에 짧은 플레어스커트, 딱 붙는 레깅스를 입고 맘껏 매력을 발산하는 그녀들은 보기만 해도 부러울 만큼 유연했다. 나는 상대적 열등감을 느끼면서도 어느새 그 멋진 분위기에 빨려들었다.

그런데 첫 시간부터 기가 팍 죽었다. 매번 엇박자를 놓았다. 몸짓과 발동작이 고장 난 기계처럼 딴전을 피웠다. 남들이 앞으로 가면 나는 뒤로, 오른쪽으로 가면 왼쪽으로, 주변 사람들과 부딪치고 반대로 돌기 일쑤였다. 몸치에 방향치까지, 내가 이렇게 둔했던가? 그동안 내버려둔 몸의 감각이 길을 잃고 헤맸다.

게다가 처음에 여섯 명쯤 되던 신입회원이 일주일 만에 결국 나 혼자 남게 되었다. 새 회원들에게 특별 지도가 있는 줄 알았는데 그것도 아니었다. 아는 사람도 없는 아파트 초년생인 내게 눈 맞출 이웃도 없었다. 나도 그만둘까 했지만, 여기서 지고 말면 나는 영원히 정적인 공간에서 헤어나지 못할 것 같았다.

이럴 줄 알았으면 소문이나 내지 말걸, 공연히 아이들에게 알렸다가 매일 격려 전화에, 그만두면 안 된다는 협박 전화까지 지나친 관심, 그 스트레스만도 여간 아니었다. 은근히 후회가 되었다. 그렇지만 그만두어서는 안 된다는 생각만은 더 강해져 갔다.

내가 안쓰러웠던지 옆자리 회원이 수업이 끝나고 도와주겠다며 시간을 내주었다.

"내가 천천히 스텝을 밟아 줄 테니 동영상을 찍으세요. 나도 처음에 유튜브에서 동영상을 찾아 집에서 연습했더니 훨씬 나아졌어요."

그는 초등학생 가르치듯 내게 기본 동작을 열심히 가르쳐 주었다.

"우리는 일 년이나 됐는데, 이제 시작이잖아요? 조금 있으면 우리보다 더 펄펄 날 거예요."

중단하지 말라는 간곡한 위로까지 하는 그에게서 많은 위안을 받았다.

회원 중 어떤 사람은 반짝이는 짧은 원피스를 입고 나비처럼 나풀거렸다. 'Rivers of Babylon'이나 'Sunny'를 출 때는 엉덩이와 허리 곡선이 물 위를 저어가는 오리 궁둥이처럼 예뻤다. 여자인 내가 보기에도 무척 매혹적이었다.

춤은 몸의 말초신경에서 일어나는 감각과 열정의 충돌이 분출해 내는 작은 화산 같았다. 몸으로 정서를 표현하는 아름다움, 그것은 정신이 글을 쓰기 위해 감성의

몽환에서 헤맬 때보다 훨씬 솔직하고 화려한 것 같았다.

선생님이 왼손을 번쩍 들고 검지를 추켜세우며 하늘을 찌른다.

"힙 뿜뿌!"

우렁찬 구령을 내지르면 우리들은 왼쪽 앞 발바닥을 칠십 도로 땅에 대고 탱탱한 엉덩이를 아래위로 움직이며 선정적인 자세를 취한다. 모두 '마이클 잭슨'이 된다. 허리를 비틀고 엉덩이를 맘껏 흔들며 본능의 끼를 힘껏 뽑아낸다.

정신없이 한 시간을 따라다니다 보면 어느새 온몸이 땀에 흠뻑 젖는다. 빠른 동작으로 얻은 쾌감이 이렇게 상쾌할 수가! 나도 뭔가 몸으로 한 건 해냈다는 충만감에 전신이 뿌듯하다.

곧 그만둘 것 같아 혼자서 빨간 운동화를 신고 다니던 나는 까만 댄스 슈즈로 바꿨다. 착 달라붙는 까만색 바지도 사고 홀랑거리는 티셔츠도 샀다. 그리고 수업시간에는 앞으로 나가 선생님의 동작을 열심히 동영상으로 촬영했다. 창피하지만 어쩌겠는가. 배운다는 것은 체면을 무시해야만 된다는 사실을 오랜만에 복습하고 있었다.

집에 오면 동영상을 켜고 핸드폰과 함께 춤을 춘다. 구경꾼은 거울이다. 여전히 서툴고 어쭙잖은 모습이 혼자 보기에도 민망하다. 마치 어린 시절 시험공부에 시달리던 악몽을 다시 동영상으로 보는 것 같다. 그래도 메말라 가던 몸속에서 촉촉이 돌아나는 생동감이 여간 소중하지 않다. 설마 언제까지 핸드폰과 함께 춤을 추겠는가?

인연정의 '생의 찬가'

김 우 종

문학평론가, 전 덕성여대 교수

아리스토텔레스가 《시학》에서 자주 쓴 '모방'은 지금의 '창작'에 해당하는 용어다. 그렇지만 그가 사용한 모방이라는 용어는 실제로 창작이 아닌 모방이라는 의미가 강했다. 신의 이데아를 모방한 것에 지나지 않는다는 뜻이 된다. 그런데 창작이 모방이라면 그것은 실제로 창작이 아니다.

수필도 그렇다. 수필가가 아름다운 풍경을 보고 이를 아름답다고만 말한다면 그것은 창작이 아니다. 그것은 대상으로부터 되돌려 받은 메아리며 모방일 뿐이다.

문학은 아름다운 세상을 아름다운 언어로 바꿔 나가는

것이 아니라 아름답지 못한 세상을 아름답게 만들며 우리 심장을 뛰게 하고 생명을 불어넣는 작업이다. 그것만이 취미 이상으로 문학이 우리 곁에 있어야 할 소중한 이유가 된다. 다만 이같은 문학의 기능은 작품마다 비중이 다를 뿐이며 한마디 말이라도 우리의 지친 영혼을 달래 줄 수 있다면 그것은 소중한 문학이다.

인연정의 수필들은 논리적 서술 형태로 주의 주장에 큰 목소리를 내지는 않는다. 그런 의미에서 소위 포멀 에세이기보다는 그 반대쪽에 속하는 경향이 짙다. 그 대신 그의 사상성은 저변에 깔려 있고 재미있는 서사적 사건의 전개를 통해서 아름다운 세상을 찾아나간다. 그럼으로써 밝은 세상, 활기찬 세상을 만들어 나간다.

우리에게 주어진 세상은 날이 갈수록 메마르고 삭막해져 가지만, 작자는 여기에 새 생명의 입김을 불어넣고 메마른 대지에 촉촉한 비를 뿌리듯 발랄한 생명이 춤추는 무대를 만들어 나가는 셈이다.

〈통영 점묘〉는 그런 생명의 부활을 거의 의식적으로 드러내 놓고 연출한 우수작이다. 그리고 〈달빛 따라가기〉

는 그런 부활의 기능이 거의 환상적인 무대 연출로 나타나 있는 걸작이다. 다음 〈내게 애인이 생겼어요〉는 그런 부활의 의미가 베토벤의 합창교향곡 9번처럼 감동적으로 우리 가슴을 울려 주고 있으며, 〈부암동 살구나무집〉은 그런 생명 부활의 교향곡이 서울의 부암동을 무대로 해서 병아리와 고양이를 등장시키며 수필에 있어서의 서사문학적 흥미를 더해 주고 있어서 매력적이다.

〈부암동 살구나무집〉은 서울의 자하문을 경계로 해서 도시와 비도시적 삶의 공간의 차이를 통하여 우리가 문명의 발달이라는 이름으로 내던지고 잃어버리고 있는 소중한 가치가 무엇인지를 일깨워 주는 작품이다.

살아 숨쉬는 곳

이 작가의 아들네 가족이 사는 '부암동 살구나무집'이 자하문 쪽 '윤동주의 언덕'과 비슷한 곳인지는 알 수 없지만, 이곳을 연상하게 되는 이유는 다름이 아니다. '윤동주의 언덕'이 생명의 부활의 의미를 전하는 곳이기에 〈부암동 살구나무집〉도 그런 의미로서 생명의 부활을 말하고 싶기 때문이다.

소설적 이야기를 지닌 주인공은 작자의 손녀다. 학교 앞에서 노랑 병아리 세 마리와 검은 메추리 두 마리를 사 온 것이 사건의 발단이다. 메추리에 대해서는 내가 아는 바가 없지만 노랑 병아리는 모두 지옥으로 가다가 옆길로 빠진 수놈들임에 틀림없다. 병아리 감별사들은 병아리가 꽉 차 있는 상자 속에 매우 빠른 동작으로 손을 넣고 한 마리씩 잡아내어 옆으로 던진다. 그 동작과 병아리의 밑구멍을 벌리는 동작과 암수를 가리는 동작은 하나로 되어 있다. 일 초도 안 걸린다. 이때 암놈은 천당, 수놈은 지옥으로 던져진다. 지옥행은 바로 비료가 되고 천국행은 양계장으로 가서 조금 더 살 뿐이다. 작자의 손녀는 지옥행 중 샛길로 빠져서 학교 교문 앞에서 팔리고 있는 병아리들을 사 온 것이겠다.

그런데 애들에게 팔려 가는 노랑 병아리들은 모두 귀엽지만 얼마 후의 중닭은 중늙은이처럼 매력이 떨어진다. 똥 냄새도 고약하다. 그러므로 중년의 닭에 대한 사랑은 노랑 병아리 적 사랑과는 질이 다르다. 예쁘지도 귀엽지도 않은데 변함없이 주는 사랑은 고양이로부터 그들을 지키며 그동안에 산전수전 다 겪은 사랑이기에 질이 다르다. 다시 말해서 그것은 살아 있는 생명체의 소중함을 인식하기 시작한 사랑이다.

이 작품에는 닭을 노리는 들고양이들이 있다. 닭을 노리기 때문에 고양이들은 쫓아버려야 할 적이며 여기서 병아리를 보호하며 생명에 대한 사랑을 배운다. 그리고 고양이가 적이 되기는 하지만 죽이고 싶은 상대는 아니다. 작자와 손녀는 이들을 통해서 생명의 사랑을 배우는 셈이다.

가을 들어 살구나무는 그 많던 살구와 잎사귀들을 모두 떨구어 내고 빈 몸을 추스르고 있다. 늙은 '짝귀'(고양이)도 요즘 들어 부쩍 마당 한구석에 덩그마니 앉아 있는 시간이 늘어간다. 하루 종일 조는 듯 비스듬히 살구나무에 기대앉아 느슨한 눈빛으로 부암동 집 풍경을 음미한다. 이제는 무엇을 훔칠 궁리도 누구를 해칠 생각도 하지 않는 것 같다. 여유롭고 헛헛한 표정으로 용맹스럽던 지난날을 둘러보듯 눈빛이 애잔하기만 하다. 〈부암동 살구나무집〉

작자가 바라보는 고양이에 대한 시선에는 스러져 가는 생명체에 대한 연민이 있다.

이런 생명체에 대한 사랑은 〈아나는 살아 있을까〉에서 더욱 짙게 나타난다. 들고양이인데도 어미로부터 버려진 새끼이기에 그처럼 아껴 주는 작자의 마음은 생명에 대한 깊은 사랑이다.

열매는 다 떨어지고 잎사귀도 떨어져 겨울을 위해 몸을 추스르고 있는 듯한 살구나무에 대한 생각도 마찬가지다. 작자는 이렇게 살다가 스러져 가는 생명에 대한 사랑을 그리며 이곳을 '모든 것들의 안식처'인 것 같다고 말하고 있다. 도시와는 상대적 개념으로 그려낸 이같은 〈부암동 살구나무집〉은 살아 있는 생명에 대한 사랑인 셈이다.

이 글은 30년대 김진섭이 사변적 · 논리적 서술로 결론을 유도해 나가던 수필 형태가 아니라 관념이 형상화된 사건 형태로 생명의 숨소리를 들려주는 수필이며, 이로써 우리가 도시 문명 속에 살며 잃어가고 잊어가고 있는 소중한 가치가 무엇인지 깨우쳐 주고 있다.

생명의 찬가

도시가 잃어가고 있는 생명의 숨소리와 따스한 체온에 대한 아쉬움은 〈내게 애인이 생겼어요〉에서 더욱 소리 높은 생명의 찬가로 나타나고 있다.

인연정 작가는 흙을 밟고 살다가 십팔 층의 고층 아파트로 이사한다. 밖에 나가면 잔디밭이 있지만 다니는 길은 아스팔트나 콘크리트다. 아래 층에 살면 잔디밭에서 놀던 모기가 발바닥에 흙이라도 묻히고 들어오겠지만 십팔 층은 어림도 없다. 그런데 개구리들의 합창은 들려온다.

어둠이 엷게 커튼을 치면 합창단원들은 어김없이 내 창가에 모여 사랑의 세레나데를 부르기 시작했다. 초저녁에는 중창으로 시작했다가 밤이 깊어지면 코러스로 이어졌다. 음악회는 밤늦도록 끝날 줄을 몰랐다. 깊은 밤 더욱 뚜렷한 별처럼 늦은 밤, 그 애들의 노래는 더욱 황홀했다. 나는 매일 밤 개구리 왕자의 초청을 받고 음악회에 참석한 공주처럼 우리집 십팔 층 특별석에 앉아 무한히 감미로운 음악회를 즐긴다. 〈내게 애인이 생겼어요〉

흙도 밟지 못하고 모기 한 마리도 얼씬거리지 못하는 십팔 층 고층 아파트는 지구로부터의 완벽한 단절이다. 그런데 밤마다 생명의 찬가가 들려온다. 수놈 개구리들은 짝을 찾으려고 밤새껏 울어댄다. 짝을 못 찾았으니 밤새껏 목이 터지도록 울어대지만 사랑을 하고 싶고 새끼들을 낳고 싶어서 질러대는 울음이야말로 너무도 아름답고 뜨거운 생명의 찬가다. 그리고 공사판이 벌어지고 한동안 못 듣던 그들의 합창을 찬미하는 수필가 인연정의 작품도 생명의 찬가다. 개구리들의 그것이 생명의 찬가이며 작자는 그것을 찬미하는 것이니까 작자도 개구리들과 함께 생명의 찬가를 부르는 것이다.

이 작품은 산문의 매력을 위한 어휘 선택도 매우 훌륭하다. 앞의 인용문은 특히 그런 어휘에 의한 비유법들이 풍부하다.

인연정의 생명의 찬가는 이처럼 개구리, 병아리, 고양이 등 움직이는 생명체에 대한 찬미로 가득하지만 식물에서도 마찬가지다. 〈관음죽 구하기〉는 그런 사랑을 매우 깊이 있게 전한다. 지붕을 뚫고 하늘을 뚫어야 할 만큼 커진 녀석을 인부들까지 동원해서 굳이 몇 갈래로 나눠서 자식들과 나눠 갖는 〈관음죽 구하기〉는 좀 지나친 식물 사랑처럼 보이기도 한다. 이것은 취미생활만이 아니라 삭막한 도시 속에서 자연의 생명을 잃지 않으려는 처절한 몸부림 같다.

환상 기법

그런데 생명에 대한 사랑은 그들을 그냥 좋아한다는 것만으로는 문학적 가치를 충분히 지니지 못한다. 생명에 대한 사랑은 감성적인 것만이 아니라 사상적 · 철학적 사고를 동반해야 한다. 그런 사상성과 철학성은 누군가로부터 우리가 거저 받은 이 세상에 대한 감사의 정신이어야 한다. 하늘과 땅과 비와 바람이 우리 모두에게 얼마나 소중한 선물인지를 깨닫는 생명 철학이 있어야 한다. 문학은 사상과 감정을 표현하는 예술이라고 할 때의 사상이 그것이며, 이것이 없는 감정은 뿌리가 없는 나무처럼 언젠가는 뽑혀 버리고 말 것이다.

인연정 작가가 소재로 선택한 세상은 대개 매우 아름답다. 이것이 미운 것들 속에서 선택된 것이라면 칭송이 그냥 자연스러운 것이지만, 작자가 선택한 것은 그런 의미의 선택의 산물은 아니다.

〈통영 점묘〉는 한반도 남해의 절경임에는 틀림없지만 절경 감상의 정도가 일반적인 수준과 다르다. 같은 음식이라도 남달리 맛있게 먹는 사람이 있듯이 그는 통영 앞바다를 남달리 아름답게 보고 있는데, 그것은 남다른 섬세한 미적 감각 때문만은 아니다.

작자의 찬사는 자신의 눈앞에 펼쳐진 풍광에 대한 감사의 정이 저변에 짙게 깔려 있기 때문에 나타나는 찬사다. 그것은 그런 자연을 만들어 준 조물주에 대한 감사일 것이며, 그런 풍경을 만나도록 그의 발걸음을 옮겨 준 누군가에 대한 감사의 정일 것이다.

이런 경우는 종교적인 의미가 부여되기도 하지만, 이것은 예배당에 가고 절간에 가는 사람들의 이야기만은 아니다. 그것은 이 세상을 어떻게 살 것인가 하는 철학적 질문에 대한 정답일 뿐이다. 그렇게 사는 것이 옳고 그것이 행복하고 그래야만 사람다운 삶이 되기 때문이다.

그런 의미에서 주어진 사물에 대한 남다른 감사와 기쁨은 올바른 철학적 사상을 지닌 문학이다.

〈통영 점묘〉에 나타나는 통영 앞바다의 풍경은 매우 아름답다. 그것은 특별히 섬세한 미적 감각과 환상적인 기법으로 그려진 풍경화 같다.

물새가 물고 가던 씨앗이 바다에 떨어졌을까? 통영 앞바다엔 조롱박 같은 섬들이 여기저기 열려 있다. 일렁이는 바닷물에 부표처럼 흔들리다가 떨어지지 않으려고 물 밑에서 손을 꼭 잡고 있는 듯하다. 〈통영 점묘〉

〈통영 점묘〉의 서두는 이렇게 나타난다. 그런데 사실적 묘사를 따라가는 서경敍景 기법이 아니다. 섬들은 열려 있는 조롱박에 비유되어 있고, 조롱박은 물새들이 날아가다가 떨어뜨린 씨앗이 자란 것으로 되어 있다. 그러니까 통영 앞바다는 날아가던 새들이 씨앗을 떨어뜨려 박이 열렸다는 전설의 바다가 되어 있고, 조롱박이 열려 있는 아름다운 풍경화로서의 바다가 되어 있다.

수필이 다른 장르에 비해서 문학성이 미흡하기 쉬운 가장 큰 단점은 상상력의 문제에 있다. 허구성을 배제한다는 것이 자칫 상상력의 억제로 나타나기 때문이다.

그런데 이 인용문에 의하면 이 풍경은 사실적 서경 묘사가 아니다. 허구적인 상상력에 의한 물새의 전설이 있고 조롱박의 그림이 그려져 있음으로써 통영 앞바다는 한껏 환상적인 상상의 세계가 되어 있다.

다음 인용문의 통영 앞바다는 뜨거운 러브스토리다.

> 파도는 밤새 어디까지 갔다 왔을까? 통영의 아침 바다는 천연스럽기만 하다. 밤새워 임의 품에 안겼던 수줍은 새색시처럼 시치미를 뗀다. 어느 물결에서 사랑이 은밀했으며, 어떤 바위 밑에서 이별은 애절했는지, 다시 만날 기약은 어디쯤 모래톱에 써 놓았을까? 바다는 통 아무것도 모른 체한다. 곁에 있어도 헤어짐을 모르는 안타까움에 그리움만 쌓이는 바다가 차라리 처연하다. 〈통영 점묘〉

유치환 시인이 통영의 어느 우체국에서 매일 이영도 시인에게 사랑의 편지를 썼다는데, 이보다 더 뜨겁고 애절한 편지를 그녀에게 썼을지 묻고 싶다. 그리고 이영도에게도 묻고 싶다. '밤새 어디까지 갔다 왔소?' 하고 묻고 싶다. 그러면 인연정 작가가 말했듯이 이영도 시인은

"수줍은 새색시처럼 시치미를" 떼야 했을 것이다.

인연정의 통영 앞바다는 이처럼 러브스토리의 작품 무대가 되고 있다. 출렁이는 파도와 그것이 부딪히고 하얗게 포말로 부서지는 바위가 그런 사랑의 이야기를 전하는 상징적 기호가 된다. 그리고 만남을 기약하며 약속의 글자를 썼더라도 지워지고 말았어야 할 모래톱이 모두 그런 애절한 사랑의 이야기를 전할 이미지가 된다.

그래서 〈통영 점묘〉는 수필도 되지만 애절한 연애소설도 된다. 그리고 이것은 물론 작자의 문학적 상상력이 따라 주기에 가능한 기법이기도 하지만, 주어진 풍경에 대한 감동 속에는 남다른 감사의 정이 있고 겸허謙虛와 외경畏敬의 정신이 따르고 있기 때문일 것이다. 이런 의미에서 이 작품도 먼저 언급한 여러 작품 속의 생명의 찬가와 같은 정서의 표현, 사상의 표현이 된다.

메말라 가는 도시 문명 속에서 우리가 잃어가고 잊어가고 있는 소중한 생명의 숨소리를 찾아 나서고 이를 사랑하고 이에 감사하는 정신이 넘치면 그 다음은 무슨 일이 벌어질까?

〈달빛 따라가기〉는 그처럼 우리에게 주어진 자연의

아름다움에 감동하고 그 숨소리에 귀를 기울이며 생명의 찬가를 부르는 사람이 자칫 빠지기 쉬운 위험한 경지를 그린 작품 같다. 왜냐면 이것은 작자가 밤하늘의 달과 바다의 아름다움에 넋을 잃고 자칫 저 세상으로 가버릴뻔한 모습을 자백한 것이기 때문이다. 비록 이십 대의 젊은 나이가 변명의 구실이 될 수는 있지만. 호수 속에 비추인 자신의 미모에 감동하여 풍덩 빠져 죽은 나르시스와 거의 비슷하다.

작자는 여름밤에 바다로 나간다. 온 하늘에 별이 반짝이고 보름달이 떠 있으며 달빛은 작자의 발밑에서부터 수평선까지 길게 직선으로 뻗으며 달빛 길을 만들고 있다.

작자는 알 수 없는 힘에 홀려서 달빛 길을 따라 자꾸 깊은 바다로 나간다. 마침내 깃털같이 가벼워진 몸이 바닷물을 따라서 어디론가 떠내려간다. 그런 상태에서 물밑은 어머니 배 속의 양수처럼 포근했다고 쓰고 있다. 그러다가 밀물이 썰물이 되어 작자는 집으로 돌아왔겠지만 그동안은 유년의 기억으로 되돌아가고 환몽의 세계에서 방황한 시간이다.

익사 직전에 살아나기는 한 셈이지만 이것은 분명히

젊은 날의 광기이며 아름다움의 여신에게 스스로 홀림을 당했던 사건이다. 달빛이 바다에 은빛 길을 만들어 주고 유혹하자 두말없이 예수처럼 물 위를 걸으려 한 것이다. 썰물 때가 되어서 물이 빠져나가며 살아난 것인지 모르지만 한 가지는 분명하다. 작자가 달과 바다와 하나가 되려 한 것이다. 남녀가 서로 사랑하면 하나가 되듯이 작자는 바다로 빨려 들어가며 하나가 되려 했다. 아름다움에 홀린 극한 상황이라면 이것이 결론일 것이다.

이런 일로 보자면 작자의 미의식에는 한계가 없다. 아름다움과 하나가 되어서 죽더라도 마다하지 않는 광기가 있다. 그리고 이만큼 몽환적인 세계로 몰입한 것이기 때문에 사실성을 떠나서 환상적 기법으로 달과 바다와 밤하늘이 아름답게 묘사되고 있다.

이런 점에서 보면 작자는 이 메마른 세상에 촉촉한 물기를 더해 주고 온기를 더해 주며 생명이 부활하는 듯한 마법의 손길을 구사하고 있을 뿐만 아니라 그같은 생명의 소리에는 미의 여신이 장단을 맞춰 주고 있다. 그러므로 자칫 반항적이며 탐미주의적인 작가로서의 일탈도 가능하다는 짐작이 간다.

사실로 그런 위험의 인자가 숨겨져 있는 듯한 작품들이 있다. 〈할아버지의 말안장〉에서 할아버지는 문학을 좋아하고 활달한 문체로 상량문도 쓰고, 젊은 시절에는 기생을 말에 태우고 다니기도 할 정도로 좀 자유분방했고 이 때문에 재산도 많이 탕진했지만, 아버지는 이와 반대로 나타나고 있다.

그런데 작자는 할아버지의 그런 일탈에 오히려 호기심을 기울이는 것 같다. 〈여기는 '마카오'니까〉에서 카지노 도박장에 들어갔던 작자의 모습에서도 조금은 일상적 규범에서 벗어나고 싶어하는 반란의 기질이 숨어 있는 것처럼 보인다.

〈추억의 좌석번호 A28〉에는 비행기 안에서 우연히 만난 남자에 대한 이야기가 그려져 있는데, 다시 한 번 만나봤으면 하는 속내가 드러나 있는 것 같다. 이런 것을 남자들은 흔히 금지된 장난으로 여기지만, 이런 작품들은 작자가 일상의 궤도에만 안주하지 않고 모험의 욕망이 항상 꿈틀대고 있는 작가 같다는 인상을 주는 것은 사실이다.

위안과 치유의 문학

일상적 궤도로부터의 일탈을 꿈꾸기도 하는 이것은 싱싱한 생명력의 꿈틀거림을 의미하며 생명의 기쁨이기도 하다. 모험이 없는 정신세계에서는 참신한 창작을 기대하기 어렵다.

인연정 작가는 지금까지 언급한 작품들 외에도 다양한 주제와 기법으로 우수한 작품을 많이 남겨 왔을 뿐만 아니라, 특히 독특한 비유법과 신선하고 발랄한 문체 그리고 무한한 상상력으로 수필의 매력을 더하는 것이 두드러진다.

작가는 누구나 자기 문체를 가져야 한다. 30년대 말 이태준의 문예지가 《문장》이었고, 《문장강화》 등의 책을 낸 것은 문학에서 '문장'이 차지하는 비중의 크기를 그만큼 강조한 것이며, 문인을 흔히 문장가라 했던 것도 작가는 모름지기 자기 나름의 독창적 문체 확립이 전제되어야 함을 말한 것이다.

인연정은 풍부한 상상력이 창출해 내는 다양한 활유법, 직유법, 은유법과 함께 정확한 문장과 풍부한 어휘의 동원으로 자기만의 훌륭한 문체를 구축해 나가고 있다. 그뿐만 아니라 〈통영 점묘〉 등에서 말했듯이 이 작가의 문학적 상상력은 매우 탁월하다. 이것이 다른 여러 작품에서도 그만한 수준으로 다같이 나타나면 인연정 작가는 한국 수필문단에서 다른 아무도 쉽게 경쟁자가 되기 어려운 상상의 세계를 펼쳐 나갈 것이다. 특히 문학의 예술성을 위해서 상상력만큼 큰 비중을 차지하는 것은 없다. 그런 의미에서 인연정 작가가 앞으로 문단의 중심 무대에 나가는 모습이 기대된다.

수필은 그것을 취미생활의 연장선상에 두기도 하지만 인정연의 수필이 우리 문단에서 차지하는 비중은 이와는 다르다. 이 작가의 산문예술은 삭막하고 메마른 도시에서 늘 갈증과 피로와 소외감으로 지쳐 있는 사람들에게 맑은 샘물이 되고 위로와 치유의 기능을 발휘해 준다. 그러므로 우리 사회가 메마르고 삭막해질수록 인연정의 수필들은 지금까지 그랬던 것보다 더 많이 소중한 가치로 더욱 많은 독자들의 사랑을 받게 될 것 같다.